Unvergängliche Zärtlichkeit

Seelenpoesie

&

Kurzgeschichten

Manipura Dantian

Unvergängliche Zärtlichkeit

Seelenpoesie
&
Kurzgeschichten

Manipura Dantian

Bibliografische Information der Deutschen Nationalbibliothek:
Die Deutsche Nationalbibliothek verzeichnet diese Publikation in der Deutschen Nationalbibliografie; detaillierte bibliografische Daten sind im Internet über http://dnb.dnb.de abrufbar.

Copyright © *2015 Manipura Dantian,*
www.manipuradantian.com
Covergestaltung: *Manipura Dantian &*
Lektorat Buchstabenpuzzle Bianca Karwatt
www.lektorat-buchstabenpuzzle.de
Bildquelle: © *mashakotcur - Fotolia.com &*
Fotolia.com
Buchlayout: *Manipura Dantian &*
Lektorat Buchstabenpuzzle Bianca Karwatt
www.lektorat-buchstabenpuzzle.de

Herstellung und Verlag: BoD – Books on Demand, Norderstedt
ISBN: 978-3-7431-8026-0

MIX
Papier aus verantwortungsvollen Quellen
Paper from responsible sources
FSC® C105338

Seelenpause

Manchmal erscheint uns das Leben als einzige Hast,
während die Stunden in Sekundenschnelle verrinnen,
ziehen wir gehetzt von Termin zu Termin, ohne dringend erforderliche Rast.
Es kommt uns oft so vor, als würde das Leben an uns vorbeiziehen,
sehen keinerlei Möglichkeiten, aus dem selbstzerstörerischen Strudel zu entfliehen.

Vom Unterbewusstsein aber her,
wissen wir genau, was getan werden muss,
es fällt nur schwer, den Tatsachen in die Augen zu sehen,
was für uns kann sein ein erheblich körperlicher Verdruss.

Sich häufig ganz bewusste Seelenpausen gönnen,
Zeit für sich selber finden,
anstelle hochmotivierend diversen Aufgaben anzunehmen,
dabei emotional und mental letztendlich hilflos
die Welt und sich selbst nicht mehr können verstehen,
ebenfalls sich ab und zu im Spiegel zu betrachten,
dabei liebevoll positive Gedanken anzunehmen,
ohne sich dafür zu verachten,
für den Anfang kleine Alternativen,
mit sich selbst in das Reine zu kommen
und eventuell sogar mit anderen
lieben Freunden sich öfters treffen, um sich gegenseitig auszutauschen
anstatt Daheim alleine für sich dem Gedankenstrudel zu lauschen,
Belastungen und Herausforderungen, gleich welcher Art, abzuschlagen.

Seelenpausen

Manchmal erscheint uns das Leben als einzige Hast,
während die Stunden in Sekundenschnelle verrinnen,
ziehen wir gehetzt von Termin zu Termin,
ohne dringend erforderliche Rast.
Es kommt uns oft so vor,
als würde das Leben an uns vorbeiziehen,
sehen keinerlei Möglichkeiten,
aus dem selbstzerstörerischen Strudel zu entfliehen.
Vom Unterbewusstsein aber her,
wissen wir genau, was getan werden muss,
es fällt nur schwer, den Tatsachen in die Augen zu sehen,
was für uns kann sein ein erheblich körperlicher Verdruss.

Sich häufig ganz bewusste Seelenpausen gönnen,
Zeit für sich selber finden,
anstelle hochmotivierend diverse Aufgaben anzunehmen,
dabei emotional und mental letztendlich hilflos
die Welt und sich selbst nicht mehr können verstehen,
ebenfalls sich ab und zu im Spiegel zu betrachten,
dabei liebevoll positive Gedanken anzunehmen,
ohne sich dafür zu verachten,
mit lieben Freunden sich öfters treffen,
um sich gegenseitig auszutauschen,
anstatt Daheim alleine für sich
dem Gedankenstrudel zu lauschen,
wären für den Anfang kleine Alternativen,
mit sich selbst in das Reine zu kommen
und eventuell sogar mit anderen
Belastungen und Herausforderungen,
gleich welcher Art, abzuschließen.

Wort für Wort lassen entstehen Poesien,
Gedichte die einnehmen
Herzen und beflügeln Fantasien.

Fantasien

Wort für Wort lassen entstehen Poesien,
Gedichte die einnehmen
Herzen und beflügeln Fantasien.

Abgrenzung

Um den Menschen es ertönen
laute Stimmen, die eigenen Bedürfnisse
um ein Vielfaches verhöhnen.
Wir verlieren es, uns selbst zu achten,
das Herz zermartert,
die Seele verliert gesundes Lachen.

Das notwendige Nein jedoch,
lässt uns nicht werden klein,
es fördert gesunde Abgrenzung,
stärkt und schützt vor mancher,
unbewusst und erlebter Verletzung.

Fürsorge heißt nicht nur
anderer Wünsche zu respektieren,
sondern insbesondere auch unser Selbst,
nicht aus den Augen zu verlieren.

Abgrenzung

Um den Menschen es ertönen
laute Stimmen, die eigenen Bedürfnisse
um ein Vielfaches verhöhnen.
Wir verlieren es, uns selbst zu achten,
das Herz zermartert,
die Seele verliert gesundes Lachen.

Das notwendige Nein jedoch,
lässt uns nicht werden klein,
es fördert gesunde Abgrenzung,
stärkt und schützt vor mancher,
unbewusst und erlebter Verletzung.

Fürsorge heißt nicht nur
anderer Wünsche zu respektieren,
sondern insbesondere auch unser Selbst,
nicht aus den Augen zu verlieren.

Getrennte Wege

*Du nimmst mich niemals ernst,
gleich welcher Worte ich mich bediene,
sie sind für dich ein unqualifizierter Scherz.
Ich fühle mich nicht mehr von dir akzeptiert,
selten hast du meine Ansichten respektiert.
Emotionales und körperliches Wohlbefinden
konntest du nicht achten,
deine Augen mich oftmals streiften,
während sie voller Hohn über mich lachten.*

*Ich würde die Welt für dich aus den Angeln heben,
nur um ein einziges Mal von dir
ein lobendes Wort zu erleben.
Aber da ich dich nicht ändern kann,
und dich dennoch voll Respekt
akzeptieren möchte wie jedermann,
wende ich mich vorerst von dir ab
ohne auf dich zu blicken herab.*

*Du wirst in meinem Herzen auf ewig verbleiben,
vermissen werde ich die vielen Momente,
die wir gemeinsam teilten.
Dankbar blicke ich auf die miteinander verbrachte Zeit,
eventuell werden uns unsere Wege in der Zukunft
wieder zusammenführen,
doch vorerst gilt es zu nehmen
der Seele's Weg, erlösender Notwendigkeit.*

(c) Manipura Dantian
www.manipuradantian.com

Getrennte Wege

Du nimmst mich niemals ernst,
gleich welcher Worte ich mich bediene,
sie sind für dich ein unqualifizierter Scherz.
Ich fühle mich nicht mehr von dir akzeptiert,
selten hast du meine Ansichten respektiert.
Emotionales und körperliches Wohlbefinden
konntest du nicht achten,
deine Augen mich oftmals streiften,
während sie voller Hohn über mich lachten.

Ich würde die Welt für dich aus den Angeln heben,
nur um ein einziges Mal von dir
ein lobendes Wort zu erleben.
Aber da ich dich nicht ändern kann,
und dich dennoch voll Respekt
akzeptieren möchte wie jedermann,
wende ich mich vorerst von dir ab
ohne auf dich zu blicken herab.

Du wirst in meinem Herzen auf ewig verbleiben,
vermissen werde ich die vielen Momente,
die wir gemeinsam teilten.

Dankbar blicke ich auf die miteinander verbrachte Zeit,
eventuell werden uns unsere Wege in der Zukunft
wieder zusammenführen,
doch vorerst gilt es zu nehmen
der Seeles Weg, erlösender Notwendigkeit.

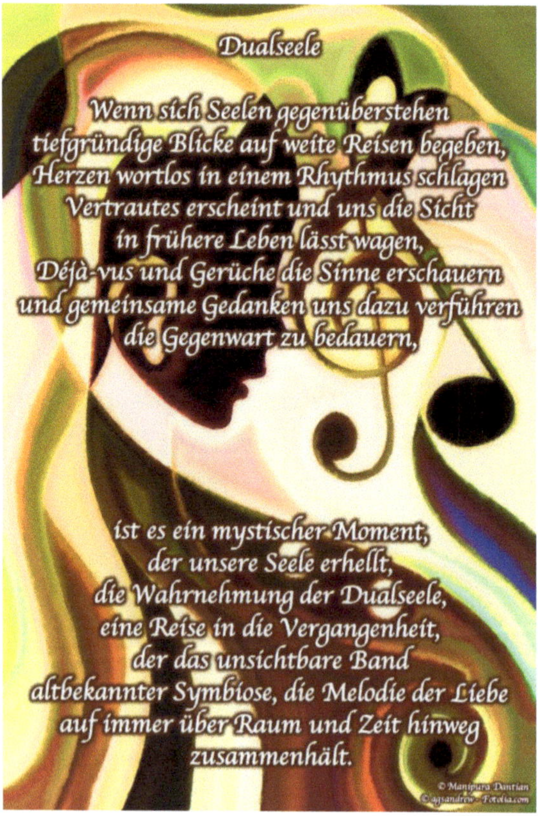

Dualseele

Wenn sich Seelen gegenüberstehen
tiefgründige Blicke auf weite Reisen begeben,
Herzen wortlos in einem Rhythmus schlagen
Vertrautes erscheint und uns die Sicht
in frühere Leben lässt wagen,
Déjà-vus und Gerüche die Sinne erschauern
und gemeinsame Gedanken uns dazu verführen
die Gegenwart zu bedauern,

ist es ein mystischer Moment,
der unsere Seele erhellt,
die Wahrnehmung der Dualseele,
eine Reise in die Vergangenheit,
der das unsichtbare Band
altbekannter Symbiose, die Melodie der Liebe
auf immer über Raum und Zeit hinweg
zusammenhält.

Dualseele

Wenn sich Seelen gegenüberstehen
tiefgründige Blicke auf weite Reisen begeben,
Herzen wortlos in einem Rhythmus schlagen
Vertrautes erscheint und uns die Sicht
in frühere Leben lässt wagen,
Déjà-vus und Gerüche die Sinne erschauern
und gemeinsame Gedanken uns dazu verführen
die Gegenwart zu bedauern,

ist es ein mystischer Moment,
der unsere Seele erhellt,
die Wahrnehmung der Dualseele,
eine Reise in die Vergangenheit,
der das unsichtbare Band
altbekannter Symbiose, die Melodie der Liebe
auf immer über Raum und Zeit hinweg zusammenhält.

Liebe Geburtstagsseele,

an einem ganz besonderen Tag, dem Valentinstag
dürfen wir dich feiern, es ist dein Geburtstag.
Wir wünschen dir wunderschöne Momente, unendliche Freude,
Menschen, die dir so wie Sie es bei anderen halten,
erbringen eine ewige Treue.

Vielen Erdbewohnern bist du kostbare Stütze,
eine Bereicherung mit Ruhe und Besonnenheit,
dein fehlen würde auslösen riesige Betroffenheit.

Es ist ein Geschenk Stunden mit dir zu verbringen
im Stillen umarmen wir dich fest und werden im Geiste
dir zu Ehren ein Geburtstagsständchen singen.

Herzlichen Glückwunsch

Liebe Geburtstagsseele,

an einem ganz besonderen Tag, dem Valentinstag
dürfen wir dich feiern, es ist dein Geburtstag.
Wir wünschen dir wunderschöne Momente,
unendliche Freude,
Menschen, die dir so wie sie es bei anderen halten,
erbringen eine ewige Treue.

Vielen Erdbewohnern bist du kostbare Stütze,
eine Bereicherung mit Ruhe und Besonnenheit,
dein Fehlen würde auslösen riesige Betroffenheit.

Es ist ein Geschenk Stunden mit dir zu verbringen
im Stillen umarmen wir dich fest und werden im Geiste
dir zu Ehren ein Geburtstagsständchen singen.

Herzlichen Glückwunsch!

Wir nehmen euch wahr,
sind eurem Herzen auf ewig nah,
wir möchten euch begleiten,
durch schwere Zeiten leiten,
euch zu frohen und glücklichen Stunden bestärken,
die das Herz nicht lassen erhärten,
mit leuchtenden Strahlen umgeben
und euch mit unendlicher Engelsliebe segnen.

Engelsnähe

Wir nehmen euch wahr,
sind eurem Herzen auf ewig nah,
wir möchten euch begleiten,
durch schwere Zeiten leiten,
euch zu frohen und glücklichen Stunden bestärken,
die das Herz nicht lassen erhärten,
mit leuchtenden Strahlen umgeben
und euch mit unendlicher Engelsliebe segnen.

Seelenwegbegleiter

Du begleitest meinen Weg,
der von Höhen und Tiefen manchmal ist belegt,
stets findest Du Dich zeit ein auf meiner Seite
und schenkst mir Unterstützung
und blickst so manches mal für mich entscheidend in die Weite.
Deine Meinung ist für mich von besonderer Bedeutung
kommt sie konstruktiv und zum Nachdenken anregend
von ehrlichem Herzen
vor dem ich mache innerlich oft eine anerkennende Verbeugung.

Ein mentaler Austausch zwischen uns beiden lässt Energien frei,
so dass gefühlte Not besser zu bewältigen ist
und emotionale Traurigkeit schneller ist vorbei.
Ruhe und Kraft strahlst Du mit Deinem Auftreten aus,
aus Dir sprechen viele kostbar gesammelte Erfahrungswerte heraus.
Über Raum und Zeit hinweg, in besonderen Ebenen einander findend,
habe ich Dich als meinen Seelenwegbegleiter in mein Herz geschlossen,
achte und schätze Dich bedingungslos und unangefochten.

Seelenwegbegleiter

Du begleitest meinen Weg,
der von Höhen und Tiefen manchmal ist belegt,
stets findest Du Dich ein an meiner Seite
schenkst mir Unterstützung
und blickst so manches Mal für mich
entscheidend in die Weite.
Deine Meinung ist für mich von besonderer Bedeutung,
kommt sie konstruktiv und zum Nachdenken anregend
von ehrlichem Herzen,
vor dem ich mache innerlich
oft eine anerkennende Verbeugung.

Ein mentaler Austausch zwischen uns beiden
lässt Energien frei,
so dass gefühlte Not besser zu bewältigen ist
und emotionale Traurigkeit schneller ist vorbei.
Ruhe und Kraft strahlst Du mit Deinem Auftreten aus,
aus Dir sprechen viele kostbar gesammelte
Erfahrungswerte heraus.
Über Raum und Zeit hinweg,
in besonderen einander Ebenen findend,
habe ich Dich als meinen Seelenwegbegleiter
in mein Herz geschlossen,
achte und schätze Dich bedingungslos und
unangefochten.

Herzliche Geburtstagsworte

Gottes Segen wünsche ich Dir
zu diesem, vielen und unendlich weiteren Tagen
mit Freund und Familie hier.

Dein strahlendes Wesen und Herzenswärme
dürfen nicht nur stärkend für andere blühen
sondern auch Dein tiefstes Innere erreichen,
so dass Du kannst Dich regenerieren
und Deine Dich umgebende Energien wieder spüren.

Oftmals wirkst Du wie ein bezauberndes Licht,
eines Glühwürmchens gleich,
dessen strahlendes Leuchten
des Menschen- und Tierherzen umgibt
und dabei mit schenkender Herzensliebe streift.

Wenn doch mal ab und an Dich Zweifel überkommen,
weil ein jeder Tag nicht der gleiche sein kann
und Du spürst wie Dir werden Energien genommen,
nimm Dir Zeit für Dich selbst,
erfreue Dich an der Schönheit des Lebens
die Dich umgibt und Du in Deinem Herzen hältst.

Lass Dich feiern,
verbringe traumhafte Stunden,
Dein Herz sich erfreuen lassen
von allen Lieben,
mit denen Du auf Ewig und herzlich bist verbunden.
Eine wundervolle Zeit möge Dich umgeben,
Liebe, Erfolg und Gesundheit,
sollen Dein Herz in freudigen Zustand anheben.

© Manspira Dantius
t_denis_333 ~ Fotolia.com

Geburtstagsgruß Oktober

Gottes Segen wünsche ich Dir
zu diesem, vielen und unendlich weiteren Tagen
mit Freund und Familie hier.

Dein strahlendes Wesen und Herzenswärme
dürfen nicht nur stärkend für andere blühen,
sondern auch Dein tiefstes Innere erreichen,
so dass Du kannst Dich regenerieren
und Deine Dich umgebende Energien wieder spüren.

Oftmals wirkst Du wie ein bezauberndes Licht,
eines Glühwürmchens gleich,
dessen strahlendes Leuchten
des Menschen- und Tierherzen umgibt
und dabei mit schenkender Herzensliebe streift.

Wenn doch mal ab und an Dich Zweifel überkommen,
weil ein jeder Tag nicht der gleiche sein kann
und Du spürst, wie Dir werden Energien genommen,
nimm Dir Zeit für Dich selbst,
erfreue Dich an der Schönheit des Lebens
die Dich umgibt und Du in Deinem Herzen hältst.

Lass Dich feiern,
verbringe traumhafte Stunden,
Dein Herz sich erfreuen lassen
von allen Lieben,
mit denen Du auf Ewig und herzlich bist verbunden.

Eine wundervolle Zeit möge Dich umgeben,
Liebe, Erfolg und Gesundheit,
sollen Dein Herz in freudigen Zustand anheben.

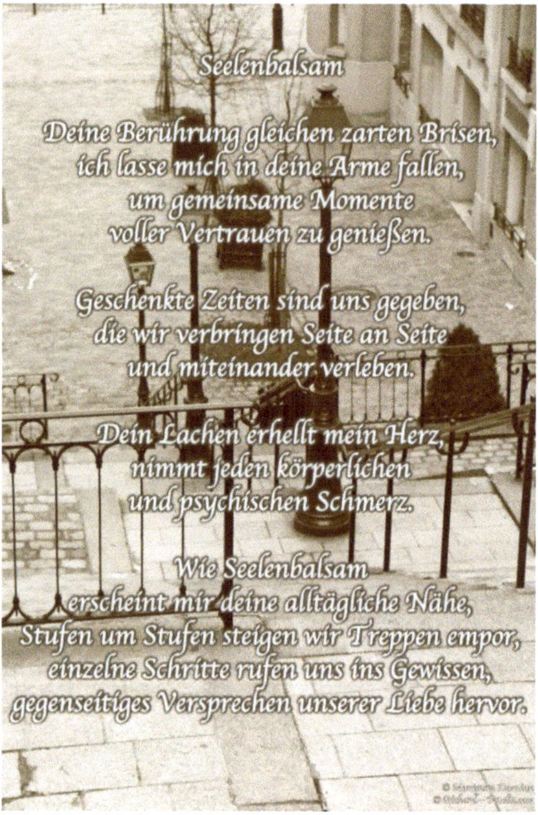

Seelenbalsam

*Deine Berührung gleichen zarten Brisen,
ich lasse mich in deine Arme fallen,
um gemeinsame Momente
voller Vertrauen zu genießen.*

*Geschenkte Zeiten sind uns gegeben,
die wir verbringen Seite an Seite
und miteinander verleben.*

*Dein Lachen erhellt mein Herz,
nimmt jeden körperlichen
und psychischen Schmerz.*

*Wie Seelenbalsam
erscheint mir deine alltägliche Nähe,
Stufen um Stufen steigen wir Treppen empor,
einzelne Schritte rufen uns ins Gewissen,
gegenseitiges Versprechen unserer Liebe hervor.*

Seelenbalsam

Deine Berührung gleichen zarten Brisen,
ich lasse mich in deine Arme fallen,
um gemeinsame Momente
voller Vertrauen zu genießen.

Geschenkte Zeiten sind uns gegeben,
die wir verbringen Seite an Seite
und miteinander verleben.

Dein Lachen erhellt mein Herz,
nimmt jeden körperlichen
und psychischen Schmerz.

Wie Seelenbalsam
erscheint mir deine alltägliche Nähe,
Stufen um Stufen steigen wir Treppen empor,
einzelne Schritte rufen uns ins Gewissen,
gegenseitiges Versprechen unserer Liebe hervor.

Himmelsblicke

*Während des nachts,
heute vor einigen Jahren,
konntest Du gehen,
noch so unendlich viel
würde ich Dir gerne sagen.*

*Noch immer fühle ich
die letzten Blicke auf mir ruhen,
Deine Hand zärtlich umfasste die meine,
die Angst, sie kroch in mir empor
ein Dasein ich würde fristen bald alleine.*

*Bei jeder Gelegenheit kann ich Dich sehen,
auf anderen Ebenen inzwischen
glücklich lächelnd stehen,
um weitere Wege mit Liebsten zu gehen.*

*Du strahlst den inneren Frieden aus,
den Du oft nicht konntest finden,
Liebe und Zufriedenheit,
die sich zu einer Einheit lassen verbinden.*

*Durch die Wolkendecke hinweg
jeder wärmende Sonnenstrahl
lässt mich an Dich denken,
ich liebe es in den Himmel zu sehen,
mein Herz lässt sich auf Ewig
von Deiner Liebe und Fürsorge lenken.*

© Manipura Dantian

Himmelsblicke

Während des Nachts,
heute vor einigen Jahren,
konntest Du gehen,
noch so unendlich viel
würde ich Dir gerne sagen.

Noch immer fühle ich
die letzten Blicke auf mir ruhen,
Deine Hand zärtlich umfasste die meine,
die Angst, sie kroch in mir empor,
ein Dasein ich würde fristen bald alleine.

Bei jeder Gelegenheit kann ich Dich sehen,
auf anderen Ebenen inzwischen
glücklich lächelnd stehen,
um weitere Wege mit Liebsten zu gehen.

Du strahlst den inneren Frieden aus,
den Du oft nicht konntest finden,
Liebe und Zufriedenheit,
die sich zu einer Einheit lassen verbinden.

Durch die Wolkendecke hinweg,
jeder wärmende Sonnenstrahl
lässt mich an Dich denken,
ich liebe es in den Himmel zu sehen,
mein Herz lässt sich auf Ewig
von Deiner Liebe und Fürsorge lenken.

Innere Ruhe

Oft schreit das Herz,
beweint den Schmerz,
Dunkelheit umhüllt den Tag,
liegt es an Erlebtem,
das hinter einer Seele lag?
Am Horizont erklimmen,
rosarote Sonnenstrahlen,
die einzelne Schicksale malen.

Der Wind, er weht,
in ihm die Lebensgeschichte geschrieben steht,
unvorhersehbare Klänge sanft ertönen,
an die sich die Menschenseele muss gewöhnen.
Doch einzelne Hände,
wie aus dem Schilf sich unterstützend erstrecken,
Hoffnung, Zuversicht und erneute Kraft in Dir erwecken.

Den Glauben an sich
dürfen wir uns nicht nehmen,
haben wir uns selbst
doch unendlich viel zu geben.
Innerer Liebe begleitet unsere Schritte,
die wir finden in eigener
geschenkten und ruhenden Mitte.

(c) Manipura Dantian
www.manipuradantian.com

Innere Ruhe

Oft schreit das Herz,
beweint den Schmerz,
Dunkelheit umhüllt den Tag,
liegt es an Erlebtem,
das hinter einer Seele lag?
Am Horizont erklimmen,
rosarote Sonnenstrahlen,
die einzelne Schicksale malen.

Der Wind, er weht,
in ihm die Lebensgeschichte geschrieben steht,
unvorhersehbare Klänge sanft ertönen,
an die sich die Menschenseele muss gewöhnen.
Doch einzelne Hände,
wie aus dem Schilf sich unterstützend erstrecken,
Hoffnung, Zuversicht und erneute Kraft in Dir erwecken.

Den Glauben an sich
dürfen wir uns nicht nehmen,
haben wir uns selbst
doch unendlich viel zu geben.

Innerer Liebe begleitet unsere Schritte,
die wir finden in eigener
geschenkten und ruhenden Mitte.

Liebes Geburtstagskind!

so vieles hast Du gegeben,
die Türe möchte ich Dir oftmals aus den Angeln heben.
Mit Tatkraft und Elan überwindest du viele Hürden
akzeptierst die eine und andere Herausforderung
mit viel Würden.

Andere begeisterst Du mit herzlichem Humor,
ansteckendem Lachen und gewinnendem Wesen,
schenkst Momente der Unbeschwertheit und
den Mut in der eigenen Seele zu lesen.

Vom Leben innerlich gezeichnet,
mit reinem Herzen versehen,
erfahrungsreich und mit Wissen beschenkt
ist es die Vergangenheit,
die Dich stärkt und Deine inneren Wege lenkt.

Dir wunderbaren Geburtstagsseele
sage ich »lebe«,
genieß jeden Tag
empfange Engelsliebe und Fürsorge
soweit es Dir vermag.
Genieße auch Du unterstützende Herzlichkeit
lasse Dich fallen in der Himmelsboten Hände
mit Vertrauen und Sorglosigkeit.

Sie umgeben Dich, treue Seele
mit Licht und Liebe,
begleiten Dich in aller Stille
behüten des Menschenwille.
Sei liebevoll geherzt an Deinem wunderbaren Tag,
Glück, Liebe und Erfolg
zu Deinem persönlichen Feiertag.

Liebes Geburtstagskind!

So vieles hast Du gegeben,
die Türe möchte ich Dir oftmals aus den Angeln heben.
Mit Tatkraft und Elan überwindest du viele Hürden
akzeptierst die eine und andere Herausforderung
mit viel Würden.

Andere begeisterst Du mit herzlichem Humor,
ansteckendem Lachen und gewinnendem Wesen,
schenkst Momente der Unbeschwertheit und
den Mut in der eigenen Seele zu lesen.

Vom Leben innerlich gezeichnet,
mit reinem Herzen versehen,
erfahrungsreich und mit Wissen beschenkt
ist es die Vergangenheit,
die Dich stärkt und Deine inneren Wege lenkt.

Dir wunderbaren Geburtstagsseele
sage ich »lebe«,
genieß jeden Tag
empfange Engelsliebe und Fürsorge
soweit es Dir vermag.

Genieße auch Du unterstützende Herzlichkeit
lasse Dich fallen in der Himmelsboten Hände
mit Vertrauen und Sorglosigkeit.

Sie umgeben Dich, treue Seele
mit Licht und Liebe,
begleiten Dich in aller Stille
behüten des Menschenwille.

Sei liebevoll geherzt an Deinem wunderbaren Tag,
Glück, Liebe und Erfolg
zu Deinem persönlichen Feiertag.

Perlenschnuppe

Kurzgeschichte

Hell erleuchtet setzte sich der Himmel ab. Wie in Gold erstrahlende Diamanten funkelten Hunderte von Sternschnuppen, bevor ihre Glut erlosch. Fasziniert bestaunte Mia das glänzende Spektakel, während Opa Oswald sie liebevoll beobachtete und ihre kleine Kinderhand hielt. »Für jede Sternschnuppe, die du sehen kannst, darfst du dir etwas wünschen«, erklärte er ihr und fuhr fort, »manchmal geht der Wunsch in Erfüllung, manchmal nicht.«

»Oh«, rief Mia begeistert aus, »ich weiß genau, was ich mir wünsche.« Doch bevor sie ihre Gedanken laut äußern konnte, unterbrach sie ihr Großvater und gab ihr selbigen und weisen Ratschlag, der von Generation zu Generation von den Ältesten an die Jüngsten weitergegeben wurde.

»Wünsche dürfen nicht laut ausgesprochen werden. Nur dann besteht die Möglichkeit, dass sie in Erfüllung gehen.« Gerne hätte Mia seine Erklärung hinterfragt, war sie doch ein kleiner Naseweis, dessen Sätze oft die Aussagen Erwachsener hinterfragte. Doch von jeher hing sie an den Lippen ihres Opas. Seine Worte waren für sie nicht anzuzweifeln.

Am kommenden Morgen stürzte Mia aufgeregt an den Küchentisch, schnappte sich eine Banane, ein Stück

Kuchen und trank den Becher mit erwärmten Kakao in wenigen Schlucken aus. »Opa, ich habe gar keine Zeit!«, erklärte sie dem verdutzten Großvater. »Gino und Alfonso hatten mir versprochen, ihre Netze heute mit mir zusammen einzuholen, und deshalb muss ich mich beeilen«, sprach es und flitzte ohne Oswalds Worte abzuwarten aus der Tür. Der alte Mann wusste zu gut, dass er seine Enkeltochter, die er seit dem frühen Tod ihrer Eltern aufzog, nicht mehr einholen würde, seufzte und beobachtete sie durch das Fenster, wie sie mit schnellen Schritten an den Strand lief. Dort warteten seine Jugendfreunde Gino und Alfonso auf Mia und nahmen sie herzlich in Empfang.

Kleine Wogen schlugen gegen die Außenwand der Nussschale, die sich zwischen ihnen hin und her bewegte. Aufgeregt hüpfte das Fischerboot über die Wellen, bereit, sich dem offenen Gewässer anzukündigen. Von laut kreischenden und erwartungsvollen Seemöwen begleitet, erreichte die aus fünf Booten bestehende Fischergruppe ihre Auswurfstelle. Jeder Kutter nahm seinen Platz ein, sodass die Netze vereinbarungsgemäß in die Spulen eingehakt und eingeholt werden konnten. Mit gebannten Augen verfolgte Mia das geschäftige Treiben und war stolz, dabei sein zu dürfen. Ohne es richtig zu bemerken, wusste sie, dass keiner der Fischer sie aus den Augen ließ und jeder von ihnen eine schützende Hand über sie hielt. Dieses kleine Fischerdörfchen in der Nähe der Costa Smeralda mit Opa Oswald, Gino, Alfonso, Tante

Antonietta und allen ihr lieb gewordenen Einwohnern waren ihr Zuhause geworden.

Der spannende Augenblick war gekommen, alle Spulen gaben knirschende Geräusche von sich, was sich wie ein klagevolles Ächzen anhörte. Die ersten zappelnden Fische wurden sichtbar und schon stand sie inmitten von sich windenden Aalen, Makrelen, Tintenfische, Rochen, Barsche, kleinen Taschenkrebsen, Hummer und riesigen Krabben, die ihre Scheren wild und verteidigend einsetzten.

»Ja, meine Kleine«, ermutigend schubste Alfonso sie an, »schau dir alles genau an. Manchmal findest du sogar kleine Schätze in den Netzen. Und es gilt ein ungeschriebenes Gesetz ›Was ins Meer fällt, es behält. Was das Meer wiedergibt und dir schenkt, wird wertvolles sein, das Herzen lenkt.‹, das unter uns lebt und weitergetragen wird.« Unsicher sah sich Mia um. Unter all diesen Fischen und Meerestieren sollte sich vielleicht ein kleiner Schatz befinden? Ihre Augen streiften dunkle, grünliche und stinkende Meeresalgen, die sich ebenfalls in den Netzen verhangen hatten. Mit ihren kleinen Füßen begann sie, die Ranken zu teilen, um einen besseren Blick zu bekommen. Hin und wieder schimmerte es ihr hell entgegen, was sich aber meist als ein perlmuttartiges Schneckenhaus entpuppte.

Etliche Stunden waren vergangen. Mia durfte Gino und Alfonso dabei helfen, den Fang für den Markt zu sortieren, auszunehmen und zu waschen. Ihre eigene

Suche nach etwas Besonderem war bisher erfolglos geblieben. Gerne hätte sie ihrem Opa etwas als Überraschung mitgebracht. Gedankenverloren umfassten ihre Hände erneut die Netze, um sie von den vielen Meeralgen zu befreien, als ihre Finger mehrere Muscheln berührten, die bisher niemandem aufgefallen waren. Glücklich umfasste Mia jede einzelne Muschel, streichelte über das Gehäuse und erfreute sich an Farben und Formen. Fast alle Muscheln befanden sich im geschlossenen Zustand und würden somit einen ergiebigen Preis erzielen. Bestimmt würde sich Tante Antonietta, die Opa den Haushalt führte, über diesen Fang sehr freuen und ihnen ihre Spezialität ›Überbackene Muscheln‹ zubereiten. Mit einer stürmischen Begeisterung riss Mia einen kleinen Teil des Netzes mit dem Aufwand aller kindlicher Kraft über sich in die Höhe und rief überglücklich: »Gino, Alfonso schaut mal. Ich habe so viele Muscheln gefunden. Ein wahrer Schatz!«

Mit dem letzten Satz ergossen sich wie auf Kommando mehr als fünf Dutzend verschiedener Muscheln und Schnecken über das strahlende Mädchen und fielen mit ohrenbetäubendem Knallen auf den Boden. Sowohl die Fischer als auch Mia brachen in schallendes Gelächter aus. Flink wurde der segenreiche Fang eingesammelt und nachdem alle Netze erneut ausgeworfen waren, fuhr die kleine Gesellschaft singend und in erheiterter Stimmung bei Sonnenuntergang Richtung Heimat. Opa wartete bereits am Steg auf Mia. Ein glückliches Strahlen erhellte

sein von Furchen durchzogenes Gesicht und als ihm das Kind aus der Ferne zurief, durchfuhr ihn ein liebevolles Kribbeln und tiefe Dankbarkeit, das Aufwachsen des kleinen Wirbelwinds miterleben zu dürfen. Selig schloss er Mia in die Arme und beide schlenderten gemütlich nach Hause. Dort angekommen erwartete sie bereits Tante Antonietta. Mit ihrem Fund in einem kleinen Beutel tragend, lief ihr Mia entgegen und überschüttete Antonietta mit den Tagesereignissen.

»Antonietta«, begann sie ihre Bitte, »backst du uns den Auflauf? Oh, bitte, bitte, bitte.« Die gute und alte Seele des Hauses konnte sich der stürmischen und kindlichen Begeisterung nicht erwehren. Weniger als zwei Stunden später, stand ein herrlich riechender und dampfender Auflauf auf dem Tisch, zu dem es selbstgebackenes Ciabatta gab. Während das köstliche Essen Mia eine kurze Zeit von weiterem, lustigen und abenteuerlichen Geplapper abhielt, wurde sie immer wieder mit wohlwollenden Lächeln der Erwachsenen begutachtet.

»Kind, was hängt denn da an deinem Hemdchen?«, mit runzelnden Augenbrauen war Opa Oswalds Blick an Mias Oberteil hängen geblieben.

»Oh, da ist ja noch eine geschlossene Muschel«, stellte Mia fest und kicherte, »sie hängt am Knopf fest!« Ungeduldig zerrte Mia an der Muschel. Ein einziges und kleines Geräusch ließ sie erschrocken zusammenfahren. Neugierige Blicke beobachteten, wie sich das Gehäuse langsam öffnete und eine wunderschöne, kleine Perle

sichtbar wurde. Im Zeitlupentempo rollte sie langsam an Mia herunter und blieb regungslos in ihrem Schoß liegen.

Kleine, zarte Finger umschlossen die Perle und legten sie sich in die Hand. Stille hatte den warmen Raum erfasst. Nur das Knistern des Holzes im Kamin war zu hören. Immer wieder strich das Kind, das gedanklich in sich versunken war, über die Perle. Kleine und anfängliche Tränen rollten nun einem Sturzbach ähnlich ihrem Gesichtchen herunter. Versuche, ihre Gedanken klar zu äußern, scheiterten und schließlich brach sie in lautes Schluchzen aus. Derweil war es Opa Oswald, dessen Gesicht aschfahl angelaufen war und Tante Antonietta fragend ansah. Diese nickte ermutigend, stand langsam auf und ging zum Sekretär, der an der Wand stand. Einem kleinen Seitenfach entnahm sie ein Kästchen, das sie in die Mitte des Tisches stellte und öffnete. Opa Oswald war aufgestanden und hatte seinen Stuhl noch näher an Mias herangerückt. Während er sie zärtlich in die Arme schloss, begann er mit ruhiger Stimme, Mia den Ursprung des Inhalts zu erzählen. »Mein kleiner Schatz, deine Mama war für mich immer meine kleine Perle und so nannte ich sie auch.« Kurz und sich selbst bestätigend nickte Oswald, bevor er fortfuhr. »Für sie selbst war dein Vater ihre Perle und oft neckten sich beide mit diesen Kosenamen.« Innehaltend und nach Kraft suchend schilderte Mias Großvater, wie er nach der Beerdigung seiner Tochter und seines Schwiegersohnes abends auf der Veranda saß und die Sterne beobachtet hatte. An diesem Abend sah er eine

einzige Sternschnuppe und er hatte sich gewünscht, ein Zeichen seiner geliebten Tochter zu erhalten, um zu erfahren, ob es ihr gut ginge. Einige Tage später hatte er während seines morgendlichen Strandspaziergangs eine geschlossene Muschel gefunden, die sich öffnete, nachdem er sie aufgehoben und sich in die Handfläche gelegt hatte. Noch während des letzten Satzes entfernte Opa Oswald den Deckel des Kästchens und Mias Blick richtete sich auf eine kleine, beigefarbene Perle, die in dem mit blauen Samt ausgeschlagenem Kästchen lag. Ihr Herz klopfte und sie begann zärtlich mit ihren Fingern beide Perlen zu ertasten.

»Ich hatte mir gewünscht, ein Zeichen von Mama und Papa zu bekommen.« Es war kaum mehr ein Flüstern und dennoch lagen in ihren Worten alle Kraft, Bestätigung, Trauer und die ewige Liebe aller, die sie miteinander verband.

»Deine Eltern werden dich immer lieben, egal wo sie sind und deine Schutzengel sein!« Mit diesen Worten nahm er beide Perlen an sich und legte sie behutsam in das Kästchen, das einst seiner Tochter gehörte und fortan ein wunderschönes Plätzchen in Mias Zimmer bekam. Noch über viele Jahre hinweg saßen Großvater und Enkeltochter abends auf der Veranda beieinander und warteten gemeinsam auf den magischen Moment des Aufleuchtens von Sternschnuppen am dunklen Himmel, die der Menschen Herzensbotschaften enthielten, und der beide auf ewig miteinander verband.

Es gibt so viele Tage
an denen ich an dich denke
zwar trennen uns Entfernung und Gegebenheiten
doch unsere Freundschaft
bleibt auf ewig gefestigt und erhalten.

Der Austausch mit dir
zeichnet sich in verschiedenen Formen ab
oft sind es mentale Ebenen
für andere nicht sichtbar
auf den unsere Übertragungen
und Gespräche finden statt.

Als liebevoller und zuverlässiger
Freund und Kritiker
begleitest du mein Leben
vieles haben wir miteinander erlebt
und noch viel mehr
durften wir einander bisher geben.

Sich nicht zu sehen und eine Zeitlang
keinen Austausch miteinander einzugehen
belastet unsere Freundschaft nicht
da sie basiert auf das Vertrauen
unserer Herzen und Seelen
die über alle Ebenen und Leben hinweg
sich einander ergänzen, sich finden
und als unsichtbares Band
über Raum und Zeit bestehen.

Schulter an Schulter gehen wir
den uns bestimmten Lebensweg weiter
lächelnd und mit Herz und Seele wissend
wir dürfen uns auf ewig aneinander halten
denn wir sind füreinander
Lebens- und Seelenbegleiter.

© Manipura Dantian
© Elena Schweitzer - Fotolia.com

Seelenbegleiter

Es gibt so viele Tage
an denen ich an dich denke
zwar trennen uns Entfernung und Gegebenheiten
doch unsere Freundschaft
bleibt auf ewig gefestigt und erhalten.

Der Austausch mit dir
zeichnet sich in verschiedenen Formen ab
oft sind es mentale Ebenen
für andere nicht sichtbar
auf den unsere Übertragungen
und Gespräche finden statt.

Als liebevoller und zuverlässiger
Freund und Kritiker
begleitest du mein Leben
vieles haben wir miteinander erlebt
und noch viel mehr
durften wir einander bisher geben.

Sich nicht zu sehen und eine Zeitlang
keinen Austausch miteinander einzugehen
belastet unsere Freundschaft nicht
da sie basiert auf das Vertrauen
unserer Herzen und Seelen
die über alle Ebenen und Leben hinweg
sich einander ergänzen, sich finden
und als unsichtbares Band
über Raum und Zeit bestehen.

Schulter an Schulter gehen wir
den uns bestimmten Lebensweg weiter
lächelnd und mit Herz und Seele wissend
wir dürfen uns auf ewig aneinander halten
denn wir sind füreinander
Lebens- und Seelenbegleiter.

Innere Stärke

Wenn all meine Worte vergeblich sind,
dann bleibt nur noch eines zu sagen,
ich weiß, Du stehst mitten im Lebenswind,
ich wünsche Dir Kraft zum Ertragen.

Ich wünsche Dir Stärke aus der eigenen Mitte,
um Halt zu verleihen dem unsicheren Schritte,
wo es Dir schwerfällt, Dich zu entscheiden,
mögen Dich all Deine Kräfte begleiten.

Ich wünsche Dir Zuversicht,
um Dich selbst zu entfalten,
Deine Stärke den Ängsten entgegenzuhalten,
ich wünsche, dass die Hoffnung nie fort von Dir geht,
nur weil keine Kraft mehr dahintersteht.

Ich wünsche Dir Selbstvertrauen,
das in den Stand Dich versetzt,
wieder heilen zu lassen,
was Dich verletzt.

Ich wünsche Dir ewige Liebe,
die Dir Sicherheit gibt,
aus dem niemals versiegenden Strom
jener Kraft eines Menschen,
der Dich über Raum und Zeit hinweg liebt.

Innere Stärke

Wenn all meine Worte vergeblich sind,
dann bleibt nur noch eines zu sagen,
ich weiß, Du stehst mitten im Lebenswind,
ich wünsche Dir Kraft zum Ertragen.

Ich wünsche Dir Stärke aus der eigenen Mitte,
um Halt zu verleihen dem unsicheren Schritte,
wo es Dir schwerfällt, Dich zu entscheiden,
mögen Dich all Deine Kräfte begleiten.

Ich wünsche Dir Zuversicht,
um Dich selbst zu entfalten,
Deine Stärke den Ängsten entgegenzuhalten,
ich wünsche, dass die Hoffnung nie fort von Dir geht,
nur weil keine Kraft mehr dahintersteht.

Ich wünsche Dir Selbstvertrauen,
das in den Stand Dich versetzt,
wieder heilen zu lassen,
was Dich verletzt.

Ich wünsche Dir ewige Liebe,
die Dir Sicherheit gibt,
aus dem niemals versiegenden Strom
jener Kraft eines Menschen,
der Dich über Raum und Zeit hinweg liebt.

Katzenherzen

Morgens in der Frühe umgibst du mich
zärtlich drückt sich dein Näschen an mein Gesicht
du schaust mir liebevoll in die Augen hinein
lässt mich wissen
mit dir an meiner Seite werde ich niemals sein allein.
Du kennst den Tagesablauf, bist immer an meiner Seite
selbst morgendliche Rituale begleitest du
aus der sichtbaren Weite.
Hin und wieder spüre ich dich an den Beinen
deine sich in einander fließenden Bewegungen
die sich den meinen anpassen
gleichen formbetonten Schwingungen.

Leicht wie eine Feder springst du über Hindernisse
kannst es nicht erwarten
bis du bekommst von mir hunderte von Küssen.
Deine energetische Ausstrahlung
gleicht atemberaubender Schönheit
warm, beruhigend und kräftigend
unterstützend und zu aller Zweisamkeit bereit.
Nachdem du deine Leckerlies bekommen hast
springst du auf meinen Schoß und beginnst dich zu putzen
nachträgliches Kraulen entlockt dir
wolliges Schnurren und Mauzen.
Die Liebe, die wir einander schenken
bedarf keiner Worte
sie strömt aus vollem Herzen
lässt uns fühlen
dass wir immer an den anderen denken.

Katzenherzen

Morgens in der Frühe umgibst du mich
zärtlich drückt sich dein Näschen an mein Gesicht
du schaust mir liebevoll in die Augen hinein
lässt mich wissen
mit dir an meiner Seite werde ich niemals sein allein.
Du kennst den Tagesablauf, bist immer an meiner Seite
selbst morgendliche Rituale begleitest du
aus der sichtbaren Weite.

Hin und wieder spüre ich dich an den Beinen
deine sich in einander fließenden Bewegungen
die sich den meinen anpassen
gleichen formbetonten Schwingungen.
Leicht wie eine Feder springst du über Hindernisse
kannst es nicht erwarten
bis du bekommst von mir hunderte von Küssen.

Deine energetische Ausstrahlung
gleicht atemberaubender Schönheit
warm, beruhigend und kräftigend
unterstützend und zu aller Zweisamkeit bereit.

Nachdem du deine Leckerlies bekommen hast
springst du auf meinen Schoß
und beginnst dich zu putzen
nachträgliches Kraulen
entlockt dir wolliges Schnurren und Mauzen.
Die Liebe, die wir einander schenken
bedarf keiner Worte
sie strömt aus vollem Herzen
lässt uns fühlen,
dass wir immer an den anderen denken.

Katzenpfoten

Zart und vorsichtig sind sie zu fühlen
deine samtenen Pfoten,
die ich kann auf mir spüren
jede Regung meines Gemüts nimmst du wahr
Freude und Schmerz, die dir werden offenbart.

Während du auf deiner Decke neben mir liegst
dein gleichmäßiges Schnaube
in der Stille der Nacht zu hören ist,
du in deinen Träumen aufgeregt
bellend durch Wälder streifst
und die Sonnenstrahlen auf deinem Näschen genießt,
ruhen auf dir meine zärtlichen Blicke,
die liebevoll und beschützend dich im Schlaf begleiten
in der Hoffnung dir all meine
Fürsorge und Liebe zu schenken unendlich viel Freude,
die möchte ich dir bereiten.

Wenn sich unserer Augen während stiller Dialoge treffen,
der Gedankenaustausch stattfindet auf anderen Ebenen
und uns spürbare
Seelenverbindungen aneinander ketten,
durchleben wir Momente,
die nur uns gehören ganz allein
du mein geliebter und treuer
Begleiter und Seelenpartner
uns begleitet der Wunsch der ewigen Verbindung
im Hier und Jetzt, über Raum und Zeit hinweg
mögen für uns die Unendlichkeit der Zweisamkeit sein.

Katzenpfoten

Zart und vorsichtig sind sie zu fühlen
deine samtenen Pfoten, die ich kann auf mir spüren
jede Regung meines Gemüts nimmst du wahr
Freude und Schmerz, die dir werden offenbart.

Während du auf deiner Decke neben mir liegst
dein gleichmäßiges Schnauben
in der Stille der Nacht zu hören ist,
du in deinen Träumen aufgeregt bellend
durch Wälder streifst
und die Sonnenstrahlen auf deinem Näschen genießt,

ruhen auf dir meine zärtlichen Blicke,
die liebevoll und beschützend dich im Schlaf begleiten
in der Hoffnung dir all meine Fürsorge und
Liebe zu schenken
unendlich viel Freude, die möchte ich dir bereiten.

Wenn sich unsere Augen während stiller Dialoge treffen
der Gedankenaustausch stattfindet auf anderen Ebenen
und uns spürbare Seelenverbindungen aneinander ketten
durchleben wir Momente, die nur uns gehören ganz allein
du meine geliebte Maja treuer Begleiter und Seelenpartner
uns begleitet der Wunsch der ewigen Verbindung
im Hier und Jetzt, über Raum und Zeit hinweg
mögen für uns die Unendlichkeit der Zweisamkeit sein.

Last der Herzen

*Kalter Atem,
gedrungene Luft,
aus der Ferne, es weht her der Rosenduft.*

*Dunkle Wolken,
beständiger Regen,
nichts schönes mag dem Herz begegnen.*

*Schritte, die alleine sind zu gehen,
Hürden, die sind täglich zu nehmen,
es fällt oft schwer das Alltagsgeschehen.*

*Sonnenstrahl, der die Wolkendecke durchbricht,
entgegengestreckte Hände
plötzlich nehmen düstere Sicht,
Hoffnungsschimmer die Seele erreicht,
beklemmender Druck langsam der Seele weicht.*

*Schritte wir gemeinsam gehen,
einander halten und
beisammen stehen,
Aufgaben dürfen wir teilen,
der Herzenslast erlauben von uns zu gleiten.*

Last der Herzen

Kalter Atem,
gedrungene Luft,
aus der Ferne, es weht her der Rosenduft.
Dunkle Wolken,
beständiger Regen,
nichts schönes mag dem Herz begegnen.
Schritte, die alleine sind zu gehen,
Hürden die sind täglich zu nehmen,
es fällt oft schwer das Alltagsgeschehen.

Sonnenstrahl, der die Wolkendecke durchbricht,
entgegengestreckte Hände
plötzlich nehmen düstere Sicht,
Hoffnungsschimmer die Seele erreicht,
beklemmender Druck langsam der Seele weicht.
Schritte wir gemeinsam gehen,
einander halten und beisammen stehen,
Aufgaben dürfen wir teilen,
der Herzenslast erlauben von uns zu gleiten.

Rosen

Die Sprache der Rosen
werden wir verstehen
eine bunte Auswahl,
die soll unsere Herzen berühren,
vollkommene Harmonie,
die dürfen wir sehen.

Der Duft der Rosen,
die Sinne betörend
erhebend über dessen,
was uns lässt verstören.

Die Farbe der Rosen,
ein einziges Farbenspiel,
lässt uns das Leben
aus verschiedenen Perspektiven erkennen,
zugreifen dessen,
das wir unser Eigen nennen.

Ein Strauß voller Rosen
erweckt die Herzen,
zaubert Lächeln auf unsere Gesichter,
wir erscheinen wie glückliche und
beschenkte Lichter.

© Manipura Daneian
© Smeg - Fotolia.com

Rosen

Die Sprache der Rosen werden wir verstehen
eine bunte Auswahl,
die soll unsere Herzen berühren,
vollkommene Harmonie,
die dürfen wir sehen.
Der Duft der Rosen,
die Sinne betörend
erhebend über dessen,
was uns lässt verstören.

Die Farbe der Rosen,
ein einziges Farbenspiel,
lässt uns das Leben
aus verschiedenen Perspektiven erkennen,
zugreifen dessen, das wir unser Eigen nennen.
Ein Strauß voller Rosen
erweckt die Herzen,
zaubert Lächeln auf unsere Gesichter
wir erscheinen wie glückliche und beschenkte Lichter.

Lebe

Mitten in der Nacht
erklimmst du meinen Körper
mit brutaler Macht.
Deine Energien zerreißen meine Seele,
die sich versucht zu schützen
und innerlich schreit »lebe«.

Mit ohnmächtiger Hilflosigkeit liege ich da,
kann mich körperlich nicht wehren,
über mich hast du Besitz ergriffen,
den Zerfall der inneren Verwüstung
kann ich schmerzhaft spüren wahr.

Gleich einer tosenden Brandung schlugst du ein,
raubtest mir Jahr für Jahr mehr
und hinterlässt Kummer und Pein.

Tränen, die ich weinen möchte,
lautes Schreien, das in der Brust anschwellt,
rauben mir erforderliche Energien,
dem Kampf der bevorsteht,
schweren Herzens lasse ich sie ziehen.

Trotz qualvoller Stunden und der Verzweiflung,
die auch manch Tage die Oberhand gewinnt,
versuche ich mich zu halten
an Schönem, das mein Leben bestimmt.

Es sind nicht nur Wolken und Gewitterstürme,
die mein Dasein begleiten,
sondern ebenfalls Zeiten
voller Lachen und befreitem Weinen.
Schmerzen und Ängste müssen Leben begleiten,
sie schenken uns Erfahrungen,
die durch manch schwere Herausforderungen
unterstützend leiten.

Ob heitere Kinderstimmen oder Vogelgezwitscher,
saftiges und helles Grün,
das wächst im Frühling
zusammen immer dichter,
Sonnenstrahlen, die umspielen unser Sein
lassen mich innerlich stärken und erstrahlen,
dankbar schätzend,
dass dieses Leben mit
Höhen und Tiefen ist mein!

Lebe

Mitten in der Nacht
erklimmst du meinen Körper
mit brutaler Macht.
Deine Energien zerreißen meine Seele,
die sich versucht zu schützen
und innerlich schreit »lebe«.
Mit ohnmächtiger Hilflosigkeit liege ich da,
kann mich körperlich nicht wehren,
über mich hast du Besitz ergriffen,
den Zerfall der inneren Verwüstung
kann ich schmerzhaft spüren wahr.

Gleich einer tosenden Brandung schlugst du ein,
raubtest mir Jahr für Jahr mehr
und hinterlässt Kummer und Pein.
Tränen, die ich weinen möchte,
lautes Schreien, das in der Brust anschwellt,
rauben mir erforderliche Energien,
dem Kampf der bevorsteht,
schweren Herzens lasse ich sie ziehen.
Trotz qualvoller Stunden und der Verzweiflung,
die auch manch Tage die Oberhand gewinnt,
versuche ich mich zu halten
an Schönem, das mein Leben bestimmt.

Es sind nicht nur Wolken und Gewitterstürme,
die mein Dasein begleiten,

sondern ebenfalls Zeiten
voller Lachen und befreitem Weinen.
Schmerzen und Ängste müssen Leben begleiten,
sie schenken uns Erfahrungen,
die durch manch schwere Herausforderungen
unterstützend leiten.

Ob heitere Kinderstimmen oder Vogelgezwitscher,
saftiges und helles Grün,
das wächst im Frühling
zusammen immer dichter,
Sonnenstrahlen, die umspielen unser Sein,
lassen mich innerlich stärken und erstrahlen,
dankbar schätzend,
dass dieses Leben mit Höhen und Tiefen ist mein!

Dem Geburtstagskind!

*Deinen Geburtstag habe ich vergessen
nun hier und in dieser Form
die liebsten Glückwünsche außerhalb der Norm.
Ich wünsche Dir eine so gute Zeit,
viel Freude, Spaß, Erfüllung auf Lebenszeit.*

*Du hast ein so frohes und liebes Naturell
Dein strahlendes Lächeln, das jedem gefällt.
Glück und Segen mögen Dir begegnen
Dich auf Händen tragen
und Dich dabei unterstützen,
jede weitere, bereichernde und wunderbare
Herausforderung zu wagen.*

Herzlichen Glückwunsch

Dem Geburtstagskind!

Deinen Geburtstag habe ich vergessen
nun hier und in dieser Form
die liebsten Glückwünsche außerhalb der Norm.
Ich wünsche Dir eine so gute Zeit,
viel Freude, Spaß, Erfüllung auf Lebenszeit.
Du hast ein so frohes und liebes Naturell
Dein strahlendes Lächeln, das jedem gefällt.

Glück und Segen mögen Dir begegnen,
Dich auf Händen tragen
und Dich dabei unterstützen,
jede weitere, bereichernde und wunderbare
Herausforderung zu wagen.

Herzlichen Glückwunsch!

Über den Himmel hinaus
sind es Eindrücke, die uns begleiten
und zu neuen Ufern liebevoll leiten.

Neue Ufer

Über den Himmel hinaus
sind es Eindrücke, die uns begleiten
und zu neuen Ufern liebevoll leiten.

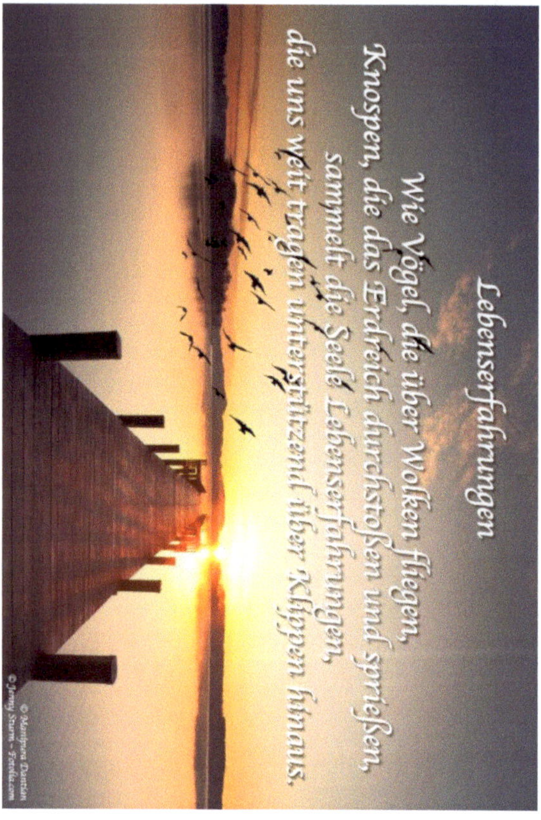

Lebenserfahrungen

Wie Vögel, die über Wolken fliegen,
Knospen, die das Erdreich durchstoßen und sprießen,
sammelt die Seele Lebenserfahrungen,
die uns weit tragen untergehend über Klippen hinaus.

Lebenserfahrungen

Wie Vögel, die über Wolken fliegen,
Knospen, die das Erdreich durchstoßen und sprießen,
sammelt die Seele Lebenserfahrungen,
die uns weit tragen unterstützend über Klippen hinaus.

Platz des Herzens

Mit deinen großen Augen,
einem Pferdeherz aus Gold,
der Sanftmut, mit dem du mich trägst,
hast du mich im Sturm erobert.
Gerne lasse ich mich von dir verleiten,
gedankenverloren durch die Berge zu reiten.

Auf deinem Rücken zu sitzen,
dein Schnauben zu vernehmen,
von Schritt in Trab zu reiten,
ist für mich das größte Geschenk,
das du kannst mir bereiten.

Du vertraust mir so wie ich dir,
von Herz zu Herz und ohne viele Worte,
mag ich liebevolle Stunden mit dir teilen
und meine Hände oft eine kleine Ewigkeit zärtlich
durch deine dunkelbraune Mähne lassen streifen.

So bleibst du mir auf Immer in meinen Gedanken,
einen festen Platz
in meinem Herzen hast du eingenommen
und für deine Liebe möchte ich mich bedanken.

Platz des Herzens

Mit deinen großen Augen,
einem Pferdeherz aus Gold,
der Sanftmut mit dem du mich trägst,
hast du mich im Sturm erobert.
Gerne lasse ich mich von dir verleiten,
gedankenverloren durch die Berge zu reiten.
Auf deinem Rücken zu sitzen,
dein Schnauben zu vernehmen,
von Schritt in Trab zu reiten,
ist für mich das größte Geschenk,
das du kannst mir bereiten.

Du vertraust mir so wie ich dir,
von Herz zu Herz und ohne viele Worte,
mag ich liebevolle Stunden mit dir teilen
und meine Hände oft eine kleine Ewigkeit zärtlich
durch deine dunkelbraune Mähne lassen streifen.
So bleibst du mir auf Immer in meinen Gedanken,
einen festen Platz in meinem Herzen
hast du eingenommen
und für deine Liebe möchte ich mich bedanken.

*Es gibt so vieles im Leben
das kommt und geht
und dessen dürfen wir annehmen.
Manchmal dauert es eine kleine unendliche Ewigkeit
bis wir die Schönheiten des Ganzen erkennen
die der Alltag hält für uns bereit.
Ein noch so kleines Lächeln, eine liebevolle Geste,
ausgestreckte Hände, die uns halten
schenken unerwarteten Seelenfrieden
und lassen uns festhalten
das voller Hingabe gegebene Herzensbeste.*

Seelenfrieden

Es gibt so vieles im Leben
das kommt und geht
und dessen dürfen wir annehmen.
Manchmal dauert es eine kleine unendliche Ewigkeit
bis wir die Schönheiten des Ganzen erkennen
die der Alltag hält für uns bereit.

Ein noch so kleines Lächeln, eine liebevolle Geste
ausgestreckte Hände, die uns halten
schenken unerwarteten Seelenfrieden
und lassen uns festhalten
das voller Hingabe gegebene Herzensbeste.

Mondleuchten

Strömung

> **Wohngesuche Ferienhäuser – Umgebung Verona, Italien:**
> *Ruhiges Feriendomizil, idyllisches »Casolare« für 1 Person, 2-3 Zimmer.*
> *Umgebung: Ruhige Lage, Meerblick, Infrastruktur mit guter*
> *Verkehrsanbindung oder kurzem Fußweg erreichbar*
> *& wöchentlicher Reinigungsservice (2x).*
> *Ausstattung: Minimalistisch / Bauhausstil, Küche, Bad mit Dusche, WC &*
> *technische Voraussetzung wie W-Lan, Internet & TV.*
> *Dauer: ca. 5-6 Monate*

Während mein Blick erneut die Anfang des Jahres aufgegebene Anzeige begutachtete, begann sich meine Stirne beim Lesen und Vergleichen der erwünschten Eckdaten und des IST-Zustands in Falten zu legen. Der längere Aufenthalt in ruhiger Umgebung diente der Fertigstellung meiner Novelle, die ich dem Verlag für Ende des Jahres zugesichert hatte. Sah man von dem Meerblick und der Örtlichkeit ab, wurde fast eins zu eins jegliche Anforderung tatsächlich bewerkstelligt. Ich befand mich auf Empfehlung der Reiseleitung in Amesbury, Südengland und hatte hier anstelle eines romantischen »Casolare« ein bezauberndes und kleines Cottage für sechs Monate bezogen.

Die ersten Tage verliefen schleppend. Bis ich mich eingelebt, eingerichtet, umgesehen und mich mit den hiesigen Gewohnheiten vertraut gemacht hatte. Häufig wollte ich das Haus nicht verlassen, sondern mich vorwiegend auf das Buch konzentrieren. Der Hauptteil

meiner Geschichte stand bereits, aber mir fehlte die Quintessenz. Noch während ich versunken meinen Gedankengängen folgte, zogen sich draußen die Wolken zusammen, aus der Ferne war das Aneinanderschlagen der Fensterläden zu hören, Blätter wurden hörbar durch die Lüfte gewirbelt und der Wind pfiff seine eigene Melodie. Es fröstelte mich. Mit einer Tasse warmen Tee ausgestattet, die Füße in warmen Socken gesteckt und eingehüllt in einer weichen Lammfelldecke, machte ich es mir in einem herrlich alten Schaukelstuhl bequem, der in der Nähe des Steinofens stand. Hier konnte ich meine bisherigen Zeilen erneut lesen, während im Kamin das Knistern der berstenden Funken des brennenden Holzes zu hören war.

Die Welt begann sich zu drehen

Wie verwurzelt stand ich im Eingangsbereich der Arena di Verona und spürte, wie meine Hände krampfhaft die Eintrittskarte umschlossen. Mit starren Augen beobachtete ich den Mann, der sich einige Reihen weiter vorne in der Warteschlange befand. Ein eleganter und schwarzer Wollmantel schmiegte sich um seine Silhouette, und während er sich hin und wieder nach hinten umsah, wurde sein Gesicht von den hellen Strahlen des Mondes beleuchtet. Markante Gesichtszüge, dunkelbraune Augen, Augenbrauen und kurz geschnittene ebenfalls dunkelbraune Haare rundeten seine anziehende, schlanke aber auch auf mich verstörende und zugleich bekannte Erscheinung ab. Als würde er warten, wanderten seine Blicke immer wieder suchend der Warteschlange entlang.

Mein Herz begann unruhig zu schlagen, nervös trat ich von einem auf den anderen Fuß, konnte jedoch nicht meine Augen von ihm abwenden.

»Oh, verzeihen sie mir bitte«, hörte ich eine ältere Dame hinter mir aussprechen, bevor sie ihr Gleichgewicht verlor und gegen eine Vase taumelte, die rechts seitlich von uns aufgestellt war. Der folgende Aufschrei und das Zerschlagen des Gefäßes auf dem Boden weckten viele Opernbesucher aus dem komatösen Zustand während des langen Wartens. Besorgt beugte ich mich über sie und half ihr, sich wieder aufzurichten.

»Sind Sie verletzt? Haben Sie Schmerzen«, brach es besorgt aus mir hervor, während ich ihr fragend in ihre erschrockenen, aber warm blickenden Augen schaute.

»Ich danke Ihnen. Bitte entschuldigen Sie, das lange Warten ist sehr anstrengend für mich. Mir wurde nur etwas schwindelig«, erklärte sie den Umherstehenden.

»Wäre es Ihnen recht, wenn die Dame und ich sie hineinbegleiten würden«, eine tiefe, vertraute und ruhige Stimme erklang hinter mir.

Als ich mich umwandte, sah ich in seine dunklen, geheimnisvollen und glänzenden Augen. Sein Mantel verströmte einen rauchigen und mir bekannten Geruch. Um sie sicher hineinzubegleiten, bot er der älteren Frau seinen Arm an, den sie dankbar ergriff. Ich trat auf die andere Seite neben die Dame, sodass sie sicher von uns begleitet, entlang der wartenden Besucher in das Foyer gebracht werden konnte.

»Was habe ich Ihnen für Umstände gemacht. Ich danke Ihnen ganz herzlich«, mit diesen Worten nickte sie uns zu und taxierte uns mit ihren Augen. »Was sind Sie für ein hübsches Paar? Sie haben sich gesucht und gefunden!«, damit und einem erneut durchdringenden Blick schenkend, der mehr zu deuten hatte, als eventuell beabsichtigt war, wandte sie sich dem Sitzplatzanweiser zu, der sich zu uns gesellt hatte, um die zart wirkende aber weise Erscheinung weiterhin zu begleiten.

Unbemerkt zuckte ich zusammen. Da war sie wieder die stetige Unruhe, die mir Zeit meines Lebens bekannt, immer zu bestimmten Mondgezeiten auftrat und an Intensität gewonnen hatte. Aber konnte der Vollmond mein laut schlagendes Herz und die plötzlich auftretende Kurzatmigkeit bewirken?

»Also eigentlich kennen wir uns gar nicht. Das war ein Zufall«, rief ich ihr erklärend zu, während mein Gesicht inzwischen eine andere Farbe angenommen hatte und ich mich wie ein junges Schulmädchen fühlte, das gerade den ersten Kuss bekommen hatte.

Noch einmal drehte sie sich langsam zu uns um, blickte mich an und verabschiedete sich endgültig mit den Worten: »Es gibt weder in diesem, in vergangenen noch in weiteren Leben Zufälle.«

Verlegen begann ich meine Eintrittskarte wieder aus der Handtasche herauszuholen und bemerkte, dass meine Hände zu zittern begannen. »Das war ein Schreck, der Ihnen durch die Glieder gefahren ist«, hörte ich ihn zu mir sagen und unsere Blicke trafen sich. Während wir

einander ansahen, und versuchten in den Augen des anderen zu lesen, nahm alles um mich herum eine andere Zeit und Gestalt an, während sich mein Herz verselbstständigte, sich ein durchsichtiger Schleier um meine Wahrnehmung legte und mir dieser Moment grotesker Weise völlig vertraut vorkam.

Raum und Zeit

Noch vor Sekunden hatte ich mich im Eingangsfoyer der Arena di Verona befunden. Mit der Karte für »Gianni Schicchi« von Giacomo Puccini und der Bühnengestaltung von Franco Zeffirelli hatte ich mir einen lang ersehnten Geburtstagswunsch erfüllt. Meine Eltern hatten in Herz und Seele wunderbare Erinnerungen, Werte und viel Liebe hinterlassen, sodass es zu meinen größten Leidenschaften gehörte, Erinnerungen an alte Zeiten in Opernhäuser erwecken zu lassen.

Aber ich befand mich weder in Verona, geschweige denn in Italien. Glasklar erstreckten sich sichtbar im Leuchten des Mondes langsam vorbeiziehende Wolken und ein kalter Wind blies mir entgegen. Aus der Ferne war die tosende Brandung des Meeres zu hören, die immer wieder gegen die Felsen schlugen. Und als ich es endlich wagte, mir meine Umgebung etwas genauer anzusehen, stellte ich fest, dass ich mich inmitten von Stonehenge befand.

»Über Zeit und Raum schworen wir uns ewige Liebe«, er war es!

Auch hier stand er fast spürbar hinter mir, seine Hände umschlossen meine Schultern und mit zärtlicher Bewegung zog er mich an sich. Weshalb liefen mir die Tränen herunter? Weshalb erlaubte ich mir nicht, ihn anzusehen? Weshalb wünschte ich mir sehnlichst, die Zeit würde stehen bleiben? Es war fast unmöglich, klare Gedanken zu fassen und ich versuchte, in der Weite des Horizonts Antworten zu finden. »Was hat das zu bedeuten? Wer sind Sie und was machen wir hier?«, fragte ich ihn. Anstatt zu antworten, drehte er mich zu sich um, sodass sich unsere Augen begegneten.

»Was fühlst du?«, fragte er mich. Alleine dessen, dass er mich mit der vertrauten Ausdrucksform ansprach, bestätigte mir das unterschwellige Gefühl, das mich seit unserer Begegnung beschlichen hatte. Ich versank in seinen Augen, die mit unendlicher Geduld auf mir ruhten, abermals zog ich den Duft ein, der ihn und mich umgab. Vorsichtig, liebevoll und mir mit seltsam vertrauter Geste, strich er mir mit der Rückseite seiner Hand über die Wange und sprach ganz leise Worte aus, die im Hier und Jetzt das Portal unbewusster Emotionen, allzeit bestehender Seelenverbindung und unsere gemeinsamen Leben öffnete: »Über Raum und Zeit bleibt unsere Liebe bestehen, wir werden uns finden, egal wohin wir gehen. Unsere Herzen sind miteinander auf ewig als Dualseelen verschlungen und lassen uns zu einem Ganzen werden, durch Gene, Poren und Zellen verbunden. Hier an diesem Ort, während Vollmondstrahlen lassen erscheinen abendliche Stunden zur Nacht, versprachen wir uns vor

Jahrhunderten mit aller Liebe und Herzensmacht einander wieder zu finden zur richtigen Zeit und strahlend scheinender Vollmondnacht.«

Im Hier und Jetzt

»Aki«, den im Hintergrund dröhnenden Gong, der die Gäste auf den in Kürze bevorstehenden Beginn der Oper vorbereitete, nahm ich ähnlich einem Nebel im Hintergrund wahr. Ebenfalls befand ich mich im Gefühlsstrudel, der auf mich einfließenden Erinnerungen unendlich und gemeinsamer Leben, unserer Liebe und dem Wissen, meinem Seelenpartner gegenüber zustehen.

»Aki«, es war keine Frage, sondern eine Feststellung. Innerlich fochten Ratio, Emotionen und Herz Kämpfe mit sich aus, aber die Wahrheit konnte ich in jeder seiner Gesten erkennen.

»Ich wusste, dass ich dich wiederfinden würde!«, die Liebe, die aus seinen Worten und seinen Augen sprach, berührten und trugen mich fort. Mein Leben hatte ich bisher alleine bestritten, eine tiefe Leere in mir verspürt, die nie erfüllt wurde. Oft auf der ruhelosen Suche der Vervollständigung hatte es mich nur kurzzeitig in Beziehungen gehalten. Doch meist war mir selbst nicht bewusst gewesen, wonach ich Ausschau hielt. Der Gedanke eines Namens streifte mich, manifestierte sich und ich wagte es, ihn laut auszusprechen: »Cicely. Du bist Aki und ich Cicely.« Das Unterbewusstsein hatte sich vollständig geöffnet und das Unglaubliche war zur Realität geworden.

Die unerfüllte Suche nach dem Ganzen meiner Seele hatte an einem Augustabend im Foyer der Arena di Verona seine Vervollständigung gefunden. Und während wir vertraut nebeneinandersitzend, glücklich und uns zärtlich mit den Händen berührend der Arie »O mio babbino caro« lauschten, war es eine alte Dame, die uns unbemerkt beobachtete, zufrieden lächelte, als weißes, hell strahlendes Licht die Arena di Verona verließ und sich ganz langsam, in der warmen Sommernacht, zu den Stonehenge zurückzog. An jenen mystischen Ort, wo einst alles begann und zu Vollmond die Kräfte der Magien allgegenwärtig sind.

Seelenruf

Der letzte Satz war noch nicht zu Ende gelesen, als mich ein lauter Schlag aus meinen Gedanken entriss. Dem Poltern folgte ein ebenso lautes Jaulen, das in ein markerschütterndes Winseln überlief. Schon längst hatte ich die Eingangstür aufgerissen und war in die stürmische Nacht gelaufen. Obwohl es sehr spät war, konnte ich alles recht gut erkennen. Das kleine Cottage war von einem Holzzaun liebevoll umgeben und eingegrenzt. Das Holztörchen, mit Rosengirlanden umschlungen, lag von den Elementen entrissen neben dem Mülleiner auf dem Boden. Dazwischen kauerte ein undefinierbares Etwas, dessen Größe, Rasse und Verfassung nicht bestimmbar war. Schritt für Schritt setzte ich langsam und bedächtig vor den anderen und war glücklich etwas geschenkte Sicht durch die Strahlen des Mondes zu bekommen.

Mit ruhiger Stimme sprach ich auf das verletzte Tier ein, und wagte die Hand vorsichtig auszustrecken. Eine kalte und nasse Nase begann meine Hand zu beschnüffeln. Ganz langsam kroch eine gewaltige und wunderschöne Erscheinung hervor, die einem Wolf und Schäferhund glich. Fasziniert von dessen Erscheinung konnte ich meine Augen nicht von ihm abwenden, bis sich unsere Blicke trafen. Doch von einem zum anderen Augenblick war das verletzte Tier aufgesprungen, über den Zaun gesprungen und in Richtung des tiefen Walds gerannt. »Das was du nun vor hast, ist in jeglicher Hinsicht eine völlig abstruse Idee. Schlag sie dir aus dem Kopf«, die warnende Stimme klang einleuchtend und vor allem verständlich. Sie drang aber nicht zu mir durch! Aus irgendwelchem zwang- und triebähnlichen Verhalten heraus war ich gezwungen diesem Wesen zu folgen.

Meine Füße schienen über den Boden zu gleitend, Äste schlugen mir ins Gesicht, längst hatte ich die schwere und hinderliche Lammdecke abgeworfen. Hoch oben am Himmel schienen mich die Sterne meines Wegs zu begleiten. In der Ferne hörte ich ein erneutes Jaulen, das sich von bisherigem unterschied. Hier war kein Schmerz, sondern es klang aufgeregt, erwartungsvoll und rufend! Immer wieder legte ich Pausen ein, versuchte, nicht die Orientierung zu verlieren, aber aus irgendeinem Grund gelang es mir alles bis auf das kleinste Detail hervorragend zu registrieren. Der Blick über die Schulter zeigte das kleine Dörfchen, in dem ich die letzten Wochen verlebt hatte und ich konnte die Inhalte einzelner

Gesprächsfetzen der Stadtbewohner wahrnehmen, die durch die Metamorphose der Gehirnveränderung durchdrangen. Über das kleine Bächlein hinweg, am Bauch den grünen Farn gespürt, die Pfoten in Pfützen bereit zum nächsten Sprung abgestützt und über riesige Felsen gejagt, erreichte ich eine große Lichtung, auf deren Mitte viele Steinblöcke nebeneinander und einen Kreis bildend aufgereiht waren. Jeder Stein wurde beschnuppert, bekannte Gerüche und Erinnerungen erhellten die Sicht, Bilder öffneten und strömten durch mein Bewusstsein. In der Gestalt und mit der Anmut eines Raubtiers näherte sich mir mein Partner, die Zwillingsseele!

Wir erhoben unsere Häupter, blickten in den sternenklaren Himmel und durch die helle Vollmondnacht erklangen die Rufe zweier glücklicher, zueinander gefundener und vereinter Seelen für eine einzige miteinander geschenkte Nacht, deren Silhouetten sich neben der Schatten der Stonehenge im Vollmondlicht abzeichneten.

Seelenleben erleben

Lange und schwierige Entscheidungen unseres Weges
können und dürfen ein Ende haben
oft ist es nicht in unserem Sinne
selbigen Schmerz erneut zu erleben und auszuharren.

Wenn endgültig Grenzen wurden gesetzt und werden diese eingehalten
ist es eine Befreiung der Seele
die wir spüren, annehmen und für immer dürfen festhalten.

Darum ist es gut Entscheidungen des Lebens, frei zu leben
das macht es aus,
unser Seelenleben zu erleben.

Seelenleben erleben

Lange und schwierige Entscheidungen unseres Weges
können und dürfen ein Ende haben
oft ist es nicht in unserem Sinne
selbigen Schmerz erneut zu erleben und auszuharren.

Wenn endgültig Grenzen wurden gesetzt
und werden diese eingehalten
ist es eine Befreiung der Seele
die wir spüren, annehmen und
für immer dürfen festhalten.

Darum ist es gut
Entscheidungen des Lebens frei zu leben
das macht es aus,
unser Seelenleben zu erleben.

Seelenleben

In sein Inneres hineinhören,
seine innere Stimme wahrnehmen,
Schritte der Lebensänderungen eingehen
und fern entgegengesetzter Meinungen
sich selbst treu bleiben
lässt Seelen leben und Seelen erleben.

Seelenleben

In sein Inneres hineinhören,
seine innere Stimme wahrnehmen,
Schritte der Lebensänderungen eingehen
und fern entgegengesetzter Meinungen
sich selbst treu bleiben
lässt Seelen leben und Seelen erleben.

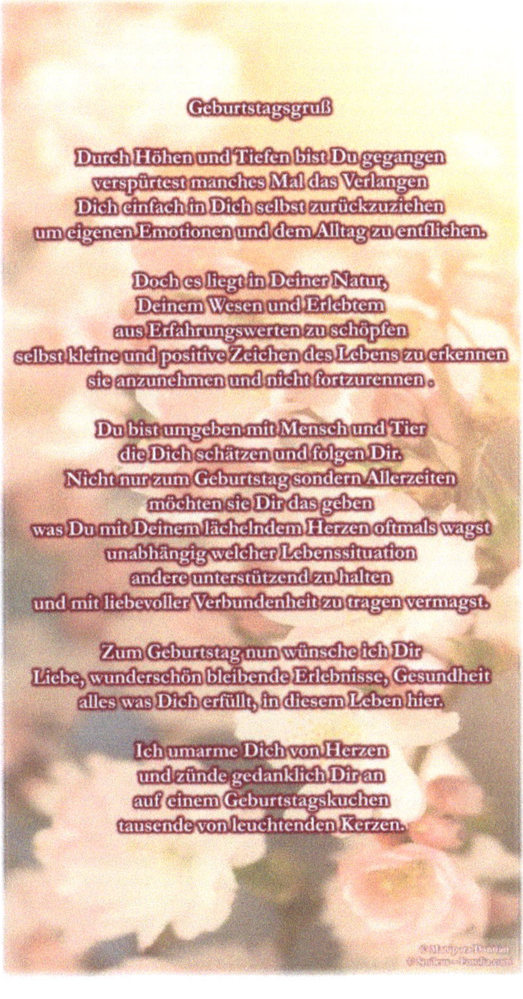

Geburtstagsgruß

Durch Höhen und Tiefen bist Du gegangen
verspürtest manches Mal das Verlangen
Dich einfach in Dich selbst zurückzuziehen
um eigenen Emotionen und dem Alltag zu entfliehen.

Doch es liegt in Deiner Natur,
Deinem Wesen und Erlebtem
aus Erfahrungswerten zu schöpfen
selbst kleine und positive Zeichen des Lebens zu erkennen
sie anzunehmen und nicht fortzurennen.

Du bist umgeben mit Mensch und Tier
die Dich schätzen und folgen Dir.
Nicht nur zum Geburtstag sondern Allerzeiten
möchten sie Dir das geben
was Du mit Deinem lächelndem Herzen oftmals wagst
unabhängig welcher Lebenssituation
andere unterstützend zu halten
und mit liebevoller Verbundenheit zu tragen vermagst.

Zum Geburtstag nun wünsche ich Dir
Liebe, wunderschön bleibende Erlebnisse, Gesundheit
alles was Dich erfüllt, in diesem Leben hier.

Ich umarme Dich von Herzen
und zünde gedanklich Dir an
auf einem Geburtstagskuchen
tausende von leuchtenden Kerzen.

Geburtstagsgruß September

Durch Höhen und Tiefen bist Du gegangen
verspürtest manches Mal das Verlangen
Dich einfach in Dich selbst zurückzuziehen
um eigenen Emotionen und dem Alltag zu entfliehen.

Doch es liegt in Deiner Natur
Deinem Wesen und Erlebtem
aus Erfahrungswerten zu schöpfen
selbst kleine und positive Zeichen
des Lebens zu erkennen
sie anzunehmen und nicht fortzurennen.
Du bist umgeben mit Mensch und Tier
die Dich schätzen und folgen Dir.

Nicht nur zum Geburtstag, sondern Allerzeiten
möchten sie Dir das geben
was Du mit Deinem lächelndem Herzen oftmals wagst
unabhängig welcher Lebenssituation
andere unterstützend zu halten
und mit liebevoller Verbundenheit zu tragen vermagst.

Zum Geburtstag nun wünsche ich Dir
Liebe, wunderschön bleibende Erlebnisse, Gesundheit
alles was Dich erfüllt, in diesem Leben hier.
Ich umarme Dich von Herzen
und zünde gedanklich Dir an
auf einem Geburtstagskuchen
tausende von leuchtenden Kerzen.

Seelenliebe

Die Sonne geht langsam unter,
der Tag bewegt sich zur Neige,
ich danke für jeden Herzensmoment,
der meinen Tag wertvoll ließ erscheinen
und mich in meinem tiefsten Inneren erreichte.

Und während ich lächelnd meine inneren Eindrücke sammele
erreicht mich ein erfüllender Segen,
dessen ich erlaube meinen Körper, Geist und die Seele zu pflegen.

Bevor ich zu Bett gehe, bedanke ich mich bei euch
für euer Dasein, eurem Schutz und eurer Liebe
eines jeden Menschenkind gegenüber
engelsgleicher Seelenliebe.

Seelenliebe

Die Sonne geht langsam unter
der Tag bewegt sich zur Neige
ich danke für jeden Herzensmoment
der meinen Tag wertvoll ließ erscheinen
und mich in meinem tiefsten Inneren erreichte.

Und während ich lächelnd
meine inneren Eindrücke sammele
erreicht mich ein erfüllender Segen,
dessen ich erlaube meinen Körper,
Geist und die Seele zu pflegen.

Bevor ich zu Bett gehe bedanke ich mich bei euch
für euer Dasein, eurem Schutz und eurer Liebe
eines jeden Menschenkinds gegenüber
engelsgleicher Seelenliebe.

Seelenweggefährte

Zeit mit Dir zu verbringen, heißt gemeinsam lachen und zu weinen,
unser Zusammensein stärkt unsere Seelen,
die sich auf einer anderen Ebene
oft gedanklich erfreund oder tröstend umarmend vereinen.
Seelengeschwister dürfen sich gegenseitig bereichern,
einander durch viele Leben hinweg begleiten
und sich gegenseitig unterstützend den Horizont erweitern.
Worte müssen oftmals nicht ausgesprochen werden
ein unsichtbares Band trägt diese zusammen
lässt ähnliche Gedanken des Öfteren gemeinsam aussprechen
die Gemüter im Nachhinein erheitern.

Tief sind Seelenfamilien miteinander verbunden,
Emotionen müssen wir oftmals nicht einander bekunden.
Oft sind wir beieinander in Gedanken
oder nutzen freie Momente,
um uns gegenseitig auszutauschen und Kräfte zu tanken.
Ich liebe Dich freundschaftlich um Deiner Person,
des Charakters und den inneren Werte,
bin glücklich und dankbar,
dass Du an meiner Seite stehst,
als ewig begleitender Seelenweggefährte.

Seelenweggefährte

Zeit mit Dir zu verbringen, heißt gemeinsam
lachen und zu weinen,
unser Zusammensein stärkt unsere Seelen,
die sich auf einer anderen Ebene
oft gedanklich unterstützend umarmend vereinen.
Seelengeschwister dürfen sich gegenseitig bereichern,
einander durch viele Leben hinweg begleiten
und sich gegenseitig bereichernd den Horizont erweitern.

Worte müssen oftmals nicht ausgesprochen werden
ein unsichtbares Band trägt diese zusammen
lässt ähnliche Gedanken
des Öfteren gemeinsam aussprechen
die Gemüter im Nachhinein erheitern.

Tief sind Seelenfamilien miteinander verbunden,
Emotionen müssen wir oftmals nicht einander bekunden.
Oft sind wir beieinander in Gedanken
oder nutzen freie Momente,
um uns gegenseitig auszutauschen und Kräfte zu tanken.

Ich liebe Dich freundschaftlich um Deiner Person,
des Charakters und den inneren Werte,
bin glücklich und dankbar,
dass Du an meiner Seite stehst,
als ewig begleitender Seelenweggefährte.

Seelenbereicherung

Verschiedene Menschen begleiten uns auf
unseren Lebenswegen,
schenken uns Halt,
Aufmerksamkeit und Zuversicht,
denen wir möchten unsere Liebe
und Achtsamkeit geben.

Ihre Freundschaft gleicht einer wertvollen
Seelenbereicherung,
ein unschätzbarer und von Herzen
geschenkter Segen,
die wir dankbar annehmen,
halten und mit derer positiven Energien
wir kostbare und erfüllende Moment
dürfen erleben.

© Manipura Dantian
www.manipuradantian.com

Seelenbereicherung

Verschiedene Menschen begleiten uns
auf unseren Lebenswegen,
schenken uns Halt, Aufmerksamkeit und Zuversicht,
denen wir möchten unsere Liebe und Achtsamkeit geben.

Ihre Freundschaft gleicht einer
wertvollen Seelenbereicherung,
ein unschätzbarer und von Herzen geschenkter Segen,
die wir dankbar annehmen, halten und
mit derer positiven Energien
wir kostbare und erfüllende Moment dürfen erleben.

Erwacht, die Augen aufgemacht
strahlend in den Himmel geblickt und Dich gefragt
ist dieses dort für mich, das wunderschöne Licht?

Irgendwann begannst Du es zu spüren
als herzensgutes Lichtwesen geboren
Deine Seele mit Licht und Liebe auserkoren
ist Deine Aufgabe hier auf dieser Welt
die Liebe zu schenken, die Jedermanns Seele erhellt.

Dein herzerfüllendes Lachen schenkt Energie und Kraft,
das Menschen erfüllt, in Liebe erhellt und glücklich macht.
Ich wünsche Dir so viele wunderschöne
Momente des Lebens,
die sollen Dir selbiges geben
was wir dürfen durch Dich erleben.
Wachse und erfasse neue Möglichkeiten
Deine inneres Selbst zu stärken
um immer wieder nach höheren Aufgaben zu greifen.

Vergiss Dich niemals selbst
denn Dein kostbarstes Geschenk, das Du bekommen hast,
erhieltest Du von den Engeln
die Inkarnation Deiner Seele,
die hier auf Erden neue Lebensaufgaben
für sich und andere erhält.

© Manipura Damian
© Conrie - Fotolia.com

Geburtstagsgruß April

Erwacht, die Augen aufgemacht
strahlend in den Himmel geblickt und Dich gefragt
ist dieses dort für mich, das wunderschöne Licht?

Irgendwann begannst Du es zu spüren
als herzensgutes Lichtwesen geboren
Deine Seele mit Licht und Liebe auserkoren
ist Deine Aufgabe hier auf dieser Welt
die Liebe zu schenken, die Jedermanns Seele erhellt.

Dein herzerfüllendes Lachen schenkt Energie und Kraft,
das Menschen erfüllt, in Liebe erhellt und glücklich macht.
Ich wünsche Dir so viele wunderschöne
Momente des Lebens,
die sollen Dir selbiges geben
was wir dürfen durch Dich erleben.

Wachse und erfasse neue Möglichkeiten
Deine inneres Selbst zu stärken
um immer wieder nach höheren Aufgaben zu greifen.

Vergiss Dich niemals selbst
denn Dein kostbarstes Geschenk,
das Du bekommen hast,
erhieltest Du von den Engeln
die Inkarnation Deiner Seele,
die hier auf Erden neue Lebensaufgaben
für sich und andere erhält.

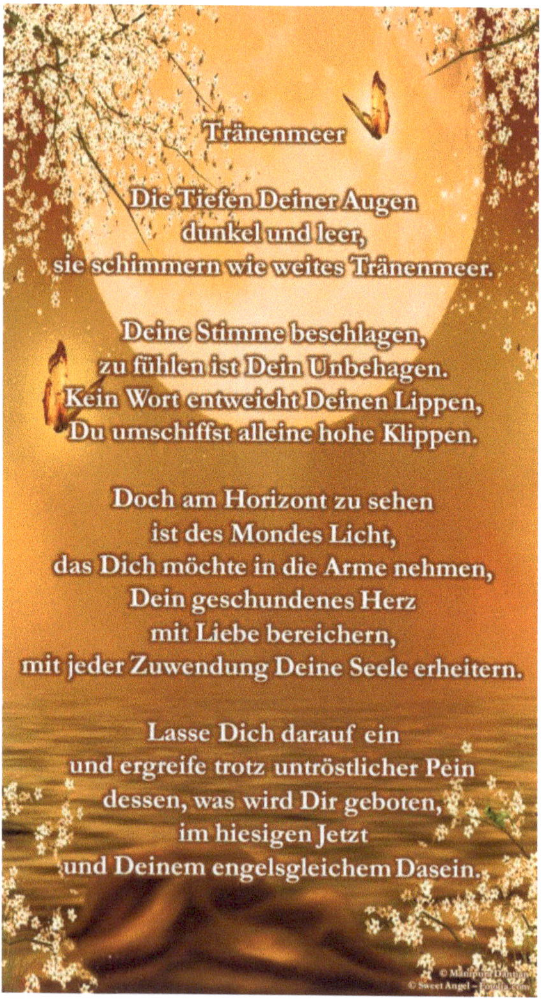

Tränenmeer

Die Tiefen Deiner Augen
dunkel und leer,
sie schimmern wie weites Tränenmeer.

Deine Stimme beschlagen,
zu fühlen ist Dein Unbehagen.
Kein Wort entweicht Deinen Lippen,
Du umschiffst alleine hohe Klippen.

Doch am Horizont zu sehen
ist des Mondes Licht,
das Dich möchte in die Arme nehmen,
Dein geschundenes Herz
mit Liebe bereichern,
mit jeder Zuwendung Deine Seele erheitern.

Lasse Dich darauf ein
und ergreife trotz untröstlicher Pein
dessen, was wird Dir geboten,
im hiesigen Jetzt
und Deinem engelsgleichem Dasein.

Tränenmeer

Die Tiefen Deiner Augen
dunkel und leer,
sie schimmern wie weites Tränenmeer.
Deine Stimme beschlagen,
zu fühlen ist Dein Unbehagen.
Kein Wort entweicht Deinen Lippen,
Du umschiffst alleine hohe Klippen.

Doch am Horizont zu sehen
ist des Mondes Licht,
das Dich möchte in die Arme nehmen,
Dein geschundenes Herz
mit Liebe bereichern,
mit jeder Zuwendung Deine Seele erheitern.
Lasse Dich darauf ein
und ergreife trotz untröstlicher Pein
dessen, was wird Dir geboten,
im hiesigen Jetzt
und Deinem engelsgleichem Dasein.

Verbundenheit

Zeit ist vergangen,
Erfahrungen gesammelt,
Entwicklungen durchlebt,
das Herz in Gleichklang schlägt.

Gedanken an dich lassen mich ruhen,
tiefe Verbundenheit uns umgibt,
unsere Seelen einst
nacheinander riefen und suchten.

Über Entfernungen hinweg
sind Freundschaften zu spüren,
gedankliche Verbindungen
lassen zueinander führen.

Trotz der räumlichen Distanz,
über Raum und Zeit hinweg
werden wir uns begleiten,
Seite an Seite stehen
und gemeinsam Lebenswege gleich welcher Art
miteinander begehen.

Verbundenheit

Zeit ist vergangen,
Erfahrungen gesammelt,
Entwicklungen durchlebt,
das Herz in Gleichklang schlägt.
Gedanken an dich lassen mich ruhen,
tiefe Verbundenheit uns umgibt,
unsere Seelen einst
nacheinander riefen und suchten.

Über Entfernungen hinweg
sind Freundschaften zu spüren,
gedankliche Verbindungen
lassen zueinander führen.
Trotz der räumlichen Distanz,
über Raum und Zeit hinweg
werden wir uns begleiten,
Seite an Seite stehen
und gemeinsam Lebenswege gleich welcher Art
miteinander begehen.

Weihnachtszeit

*Es beginnt die Weihnachtszeit
für viele Mitmenschen eine große Herausforderung,
egal wie es nach außen hin erscheint.
Die Zimmer werden geschmückt,
die Weihnachtsbäume behängt,
gebacken und Geschenke verpackt
eine scheinbar feierliche und perfekte Zeit.*

*Doch in manch einem Herzen
schlummert die Qual,
lodern gerade zu dieser Zeit
vergangene Emotionen
dem Herzen entsprießend fatal.
Die Gefühle scheinen das Innere der Seele zu zerfressen,
Tränen bahnen sich ihren Weg,
wir werden uns schmerzhaft bewusst,
dass so schnell wird es uns gelingen zu vergessen.*

*Doch auch diese Zeit verhilft dazu
Unbeantwortetes zu klären und Wunden zu heilen,
sich selbst und anderen lehren zu vergeben,
des inneren Friedens suchend
um dort für uns und mit sich selbst im Reinen zu verweilen.*

*Ein wunderschöner Friede stellt sich gerne für uns bereit
auf Weihnachtsmärkten werden wir
von besonderen Düften verleiht,
neben der Festlichkeit, gebrannten Mandeln,
Maronen, Zimtsterne und Glühwein,
wärmende und friedliche Momente
genießen wir zusammen mit Familie und Freunden
diese, das Unterbewusstsein öffnende,
gesegnete und frohe Weihnachtszeit.*

© Manipura Dantian
© Jenny Sturm - Fotolia.com

Weihnachtszeit

Es beginnt die Weihnachtszeit
für viele Mitmenschen eine große Herausforderung,
egal wie es nach außen hin erscheint.
Die Zimmer werden geschmückt,
die Weihnachtsbäume behängt,
gebacken und Geschenke verpackt
eine scheinbar feierliche und perfekte Zeit.
Doch in manch einem Herzen
schlummert die Qual,
lodern gerade zu dieser Zeit
vergangene Emotionen
dem Herzen entsprießend fatal.

Die Gefühle scheinen das Innere der Seele zu zerfressen,
Tränen bahnen sich ihren Weg,
wir werden uns schmerzhaft bewusst,
dass so schnell wird es uns nicht gelingen zu vergessen.
Doch auch diese Zeit verhilft dazu
Unbeantwortetes zu klären und Wunden zu heilen,
sich selbst und anderen lehren zu vergeben,
des inneren Friedens suchend,
um dort für uns und
mit sich selbst im Reinen zu verweilen.

Ein wunderschöner Friede
stellt sich gerne für uns bereit
auf Weihnachtsmärkten werden wir
von besonderen Düften verleiht,
neben Festlichkeit, gebrannten Mandeln,
Maronen, Zimtsterne und Glühwein
wärmende und friedliche Momente
genießen wir zusammen mit Familie und Freunden
diese, das Unterbewusstsein öffnende,
gesegnete und frohe Weihnachtszeit.

Zurück zu dir

Du bist für deine Rasse klein und zierlich
gleichst einem sanften Reh,
das als Kitzlein ist zart und gebrechlich.
Du sprichst nicht nur mit Augen
von denen es mir schwerfällt meine Blicke zu wenden
sondern Geist und Seele sind ebenfalls zu vernehmen.
Du suchst bei jeder sich bietenden Situation
den menschlichen Schutz,
viel Liebe und Zärtlichkeit, ich frage mich
»Warst du in anderen Leben dafür nicht bereit« oder
»Bekamst sogar für Liebe nicht genügend Gelegenheit?«

Wer hat dich zu uns geschickt?
Warst du es womöglich selbst
und wollte deine Seele zu uns zurück?
Es sind diese Gedanken, die seit einiger Zeit in mir einhergehen
dich vor innerlicher Fürsorge, Sorge
und unaussprechlicher Liebe beobachtend
nach bestimmten Zeichen verzehrend.
Manchmal aber weiß ich, gibt es seltsame Gegebenheiten,
die sind nicht zu erklären aber auch nicht abzustreiten.

Über den oft menschlich,
teils engstirnig und alten Denkmustern gelobend,
die nur halten in der innerlich geistigen Entwicklung auf,
ganzheitlich blickend über den Horizont weiter hinaus
darf und möchte ich in dir die einstige Seele erkennen,
die ich von ganzem Herzen mir wünschte einst wiederzusehen,
sie schützend in meine Arme zu schließen
um die uns nun noch einmal in diesem Leben geschenkte Zeit
voll Dankbarkeit und Demut erfüllt zu genießen.

Zurück zu dir

Du bist für deine Rasse klein und zierlich
gleichst einem sanften Reh,
das als Kitzlein ist zart und gebrechlich.
Du sprichst nicht nur mit Augen
von denen es mir schwerfällt meine Blicke zu wenden
sondern Geist und Seele sind ebenfalls zu vernehmen.
Du suchst bei jeder sich bietenden Situation
den menschlichen Schutz,
viel Liebe und Zärtlichkeit, ich frage mich
»Warst du in anderen Leben dafür nicht bereit« oder
»Bekamst sogar für Liebe nicht genügend Gelegenheit?«

Wer hat dich zu uns geschickt?
Warst du es womöglich selbst
und wollte deine Seele zu uns zurück?
Es sind diese Gedanken,
die seit einiger Zeit in mir einhergehen
dich vor innerlicher Fürsorge, Sorge
und unaussprechlicher Liebe beobachtend
nach bestimmten Zeichen verzehrend.

Manchmal aber weiß ich, gibt es seltsame Gegebenheiten,
die sind nicht zu erklären aber auch nicht abzustreiten.

Über den oft menschlich,
teils engstirnig und alten Denkmustern gelobend,
die nur halten in der innerlich geistigen Entwicklung auf,
ganzheitlich blickend über den Horizont weiter hinaus
darf und möchte ich in dir die einstige Seele erkennen,
die ich von ganzem Herzen
mir wünschte einst wiederzusehen,
sie schützend in meine Arme zu schließen
um die uns nun noch einmal
in diesem Leben geschenkte Zeit
voll Dankbarkeit und Demut erfüllt zu genießen.

Liebes Geburtstagskind,

ein Jahr ist nun für Dich vergangen,
hast große Herausforderungen für Dich bestanden,
Manche Entscheidungen kosteten gemein viel Kraft
hast alles ertragen mit Liebe, Aufopferung und Herzensmacht.
Du hast so vieles bereits anderen gegeben
es ist nun Zeit endlich auch für Dich anzunehmen!
Lass Dich ehren und reich beschenken
den Genuss erleben wie gerne wir Dir gedenken.

In vielen Herzen spielst Du eine große Rolle,
die nicht würden zulassen,
dass Du wegtreibst uns, auf einer einzelnen Scholle.
Aus Deinem Herzen spricht die wahre Menschenliebe,
die Dich erstrahlen lässt und zeigt all Deine Herzensgüte.
Nun dem Geburtstagskind einen wunderschönen Geburtstag
feiere ihn in Deinem Sinne und aller Freude wie es Dir vermag.

Liebes Geburtstagskind,

ein Jahr ist nun für Dich vergangen,
hast große Herausforderungen für Dich bestanden.
Manche Entscheidungen kosteten ungemein viel Kraft
hast alles erbracht mit Liebe,
Aufopferung und Herzensmacht.
Du hast so vieles bereits anderen gegeben,
es ist nun Zeit endlich auch für Dich anzunehmen!
Lass Dich ehren und reich beschenken,
den Genuss erleben wie gerne wir Dir gedenken.

In vielen Herzen spielst Du eine große Rolle,
die nicht würden zulassen,
dass Du wegtreibst uns, auf einer einzelnen Scholle.
Aus Deinem Herzen spricht die wahre Menschenliebe,
die Dich erstrahlen lässt und zeigt all Deine Herzensgüte.
Nun dem Geburtstagskind
einen wunderschönen Geburtstag
feiere ihn in Deinem Sinne und
aller Freude wie es Dir vermag.

Mutterliebe

Die Sonne scheint,
Vögel zwitschern,
Blumen sprießen,
Frühlingsdüfte sich erheben,
die wir dürfen genießen.
Jedes Jahr zur selben Zeit
besinnen wir uns intensiver,
der uns erbrachten
mütterlichen Herzlichkeit.

Durch sie erfahren wir die erste Liebe,
Fundament noch kleiner
und hilfsbedürftiger Triebe.
Im späteren Alter wissen wir zu schätzen,
der sie treibenden
Hingabe, Leidenschaft und Sorgfalt
obgleich Kinder gerne dieses Herz
in Angst und Schrecken versetzen.

Wo immer Du bist, geliebte Mama,
bist Du mir dem Herzen nah,
ich möchte Dich nicht
zu einem speziellen,
sondern jeden Moment,
soweit es mir vermag,
auf ein erneutes Mal feiern,
wie an einem Muttertag.
Dich dankbar halten und liebkosen,
denn jede gemeinsam verbrachte Zeit
überdauert die Ewigkeit.

Mutterliebe

Die Sonne scheint,
Vögel zwitschern,
Blumen sprießen,
Frühlingsdüfte sich erheben,
die wir dürfen genießen.
Jedes Jahr zur selben Zeit
besinnen wir uns intensiver,
der uns erbrachten
mütterlichen Herzlichkeit.

Durch sie erfahren wir die erste Liebe,
Fundament noch kleiner
und hilfsbedürftiger Triebe.
Im späteren Alter wissen wir zu schätzen,
der sie treibenden
Hingabe, Leidenschaft und Sorgfalt
obgleich Kinder gerne dieses Herz
in Angst und Schrecken versetzen.

Wo immer Du bist, geliebte Mama
bist Du mir dem Herzen nah,
ich möchte Dich nicht
zu einem speziellen,
sondern jeden Moment,
soweit es mir vermag,
auf ein erneutes Mal feiern,
wie an einem Muttertag.

Dich dankbar halten und liebkosen,
denn jede gemeinsam verbrachte Zeit
überdauert die Ewigkeit.

Autorenbiografie

 Manipura Dantian wurde im Spätherbst 1971 in Khanh Hung heute Soc Trang, Provinz Soc Trang, während des Vietnamkriegs geboren und konnte im Mai 1972 von ihren Eltern mit Unterstützung der Hilfsorganisation Terre des Hommes nach Deutschland adoptiert werden.

Nach dem Abschluss der Hochschulreife, der Ausbildung zur Bankkauffrau und Psychologischen Beraterin (VFP) arbeitete sie im Finanzdienstleistungsbereich. Im Oktober 2002 eröffnete sie ihre eigene Beratungspraxis.

Nebenberuflich arbeitet sie als leidenschaftliche Dichterin und Autorin, die aufgrund Eigen- und Fremderfahrungen aus Gedichten und Fotografien lebensnahe, teils ganzheitliche und motivierende Seelenpoesien, Kurzgeschichten und Romane verschiedener Genre entstehen lässt, in denen sich die Seele des Menschen widerspiegeln.

Sie erreichen die Autorin unter:
Manipura Dantian
eMail: manipuradantians@gmail.com
www.manipuradantian.com

Inhaltsverzeichnis

SEELENPAUSEN 6

FANTASIEN 9

ABGRENZUNG 11

GETRENNTE WEGE 14

DUALSEELE 17

LIEBE GEBURTSTAGSSEELE, ... 19

ENGELSNÄHE 21

SEELENWEGBEGLEITER 23

GEBURTSTAGSGRUß OKTOBER 26

SEELENBALSAM 29

HIMMELSBLICKE 31

INNERE RUHE 35

LIEBES GEBURTSTAGSKIND! 40

PERLENSCHNUPPE 43

SEELENBEGLEITER 52

INNERE STÄRKE 56

KATZENHERZEN 60

KATZENPFOTEN 64

LAST DER HERZEN 67

ROSEN	69
LEBE	72
DEM GEBURTSTAGSKIND!	75
NEUE UFER	77
LEBENSERFAHRUNGEN	79
PLATZ DES HERZENS	81
SEELENFRIEDEN	83
MONDLEUCHTEN	84
SEELENLEBEN ERLEBEN	95
SEELENLEBEN	97
GEBURTSTAGSGRUß SEPTEMBER	100
SEELENLIEBE	103
SEELENWEGGEFÄHRTE	106
SEELENBEREICHERUNG	109
GEBURTSTAGSGRUß APRIL	112
TRÄNENMEER	115
VERBUNDENHEIT	117
WEIHNACHTSZEIT	120
ZURÜCK ZU DIR	124
LIEBES GEBURTSTAGSKIND,	127
MUTTERLIEBE	130